和服肉身

わふくのにくしん

江文瑜 著

推薦序

幽魅之作

李　喬

江文瑜世人皆知爲詩人名家，近年小説問世令人欽敬而驚豔，因爲這種嚴守「短篇小説規範」的小説，在台灣已經漸漸絕跡了。——講究人物内外描述、情節結構、敘事觀點、語言色彩調性、多重主題、象徵經營——自從「網路入侵」，不少作者成了「終端機」，不再經營這些了。

單就語言文字的特殊而言，當今台灣文壇，江文瑜就是突出的一家。

記得三四十年前「張愛玲文學」曾經風靡許多「才子作家」，也造就幾位名小説人。個人難以感動，總感受那是昨夜星辰昨夜雨，與當下時空隔著一段距離。江文瑜的語言風格是歷史空白的填補，而成熟於當今，既銜接了文學史，也開拓了而後精緻文學之路——追隨者必然聚集。

江文瑜的小説作品，深浸佛理信息、佛理式的生命思考；而它和當前台灣佛理概念有些不同。

這些作品幾乎都有台日情緣糾纏，外人不曉得作者何以知日之深，但有一點是獨特而明顯的：「自古」寫台日情事，不是日男就是台男的觀點，這本小說全是「女性觀點」，應予讚佩鼓掌。

其中某些篇予人「遙思」芙蘭茲・法農的指述：殖民者雄偉的男性，面對被殖民女性懷抱征服的意慾，可是心底深處卻隱藏一份難以克服的恐懼……。

總之，這部小說太多引人深思的東西。翻開書讀吧！

（本文作者爲小說家、文化評論者）

推薦序

現代「女源氏」

林水福

《和服肉身》的六個短篇寫台日之間男女的愛戀，各具獨立性。呈現多種面貌，有現實社會男女情感的描寫，也有台日之間關係以男女關係呈現的象徵手法。

以台灣女性為主角的台日男女戀情書寫，台女似乎都居於上位或者說優勢的安排，彷彿看到現代「女源氏」的影子。

男女情慾的描寫，是六短篇共通處；尤其是女性情慾的觸發、流洩，工筆手法細膩，引人入勝，讓人聯想到谷崎潤一郎〈刺青〉等小說的技法。

對日語敬語的特性、櫻花無常意象、和服等日本文化的深入了解與恰如其分的運用，成為小說的血與肉，非僅止於背景之類的附屬品或說明。

（本文作者為日本文學研究者、翻譯家）

推薦序

貌似嚮往，其實悲憫

柯慶明

這本小說集，初看可以視爲是一位當代台灣女性的日本奇幻之旅，雖然各篇的主角可以不必視爲同一女性。而橫跨期間更可以是日治時期仿照京都建設的台中市，以及日台合作的菓子鋪。小說之深入於一般遊歷的，是其中牽涉到台日的男女情緣。故事的女主角來到了具有地方特色的日本景點，出入於京都、仙台、東京、橫濱，在櫻花、枯山水及博覽會、展覽場的場景中，親身經歷了深及體膚的文化衝擊，例如穿上了和服，學習日本舞踊或貼上了蟬的刺青貼圖，對於個人身心的刺激和影響。但更加馳情入幻的是，在以「心臟盒子」交流之餘，竟然超越生死限制，在對方死後，知道了其家族蒙受原爆（原子彈爆炸）之苦難，而本人則死於東北大海嘯；在「魔窟風呂旅館」中更進入時光隧道來到一九四四年，目睹即將出征，後來全滅的京都師團的青年們，在入伍前的最後聚餐……。

整部小說集頗具哀矜勿喜的心緒，是我們面對這一曾是殖民者與窮兵黷武之鄰國，貌似嚮往，其實悲憫，值得參考的反思。

（本文作者爲國立台灣大學文學院名譽教授）

推薦序

心物交融

鄭清文

江文瑜教授是詩人，《和服肉身》是小說，詩和小說有一點不同，詩的重點在詩人，小說在作品中的人物。詩人的另外一個特質就是文字的講究，有人說，詩是將最適當的文字放在最適當的位置上。《和服肉身》這本書的文章是提煉過的，詩人寫的故事。

〈和服肉身〉這篇作品的場景是設定在日本，古都京都，充分代表日本的傳統文化，用這來表達台灣和日本較大的差異性，也用這種方式展現出人物的心路歷程。作者也用了不少象徵，象徵可以代表多層意義，重點在用得適當，用得好，這是不容易的事。作者用和服、肉身、竹子、黑面琵鷺，各種象徵，有靜有動，有內心有外表，最後發展到肉身的重量才是本質。

這些作品寫得很直接，卻把心和物融合起來。這是一種技巧，寫得很用心，也很靈活。這些作品，場景設在日本，寫的是台灣人，寫的是台灣人的不同遭遇，有苦難，有掙扎，也有成長。最重要的一點，有人即使改成日本姓名，他們是實實在在的台灣人。

（本文作者爲小說家、文化評論者）

目次

心臟黑盒

謝觀因每天在不定時刻打開電子郵件的信箱，她想像那是一片汪洋，每一艘郵件順序地被浪頭推進到電腦的港灣裡，等待岸上的人檢視回航的成果。有些郵件載滿仍在呼吸的魚群，充滿生命力，有些魚群已經奄奄一息，攜來的訊息帶著嚴重的魚腥味，等待被丟棄。有時，她是海中精靈，從滑鼠板裡躍入衝浪，每一封郵件將她推高又迅速墜落，即使爲時短暫，也沖刷了日復一日繁忙行政職務帶來的倦怠感。

但，今天的電腦海洋顯然有著完全不同的詭譎氣氛，她坐在一片汪洋前有意識在等待一封郵件的靠岸，每隔一兩分鐘就再度躍入那片海洋，帶著強迫症的徵兆，她意識到自己的心跳比平時快速，有時會瞬間產生在海裡窒息的錯覺。自從三天前日本大地震與海嘯襲捲東北地區的消息全日在台灣的電視台播映後，她也被捲進網路的浪頭裡，上下浮沉，急切想知道那位東北的友人是否平安。但過了七十個小時了，仍然音訊杳然。時間變成了緩慢的推進器，秒變成分鐘，分鐘變成了小時，她初次感受到網路是滯流的大海，她是隻停止前進的小船，沒有任何的海浪可以推送她前進，她只能望著天空維持自己仍在漂流的蒼茫感。在孤海困頓數小時後，胸口忽然襲來一陣酸楚的熱流，當郵件被海浪推進到電腦的岸邊時，一封主旨顯示爲：「心臟盒子」的信件，在14:46跳進她的視線，這是發生大海嘯的時間。觀因由於非常關注日本大地震與海嘯的新聞，至今那個世紀大災難的發生時間點，還清楚烙印在她的腦海裡。那是封以日文寫的信件，她的日文閱讀程度只能緩慢的推進，隨著一個字一個字的引導，她滑下的淚水直接墜落到木製的電腦桌上，她的眼睛一直盯著信件的最後的署名，如今可能是個來自天國的名字。

海嘯發生前的一個月，也就是二月初，「科技、溝通、與人性國際研討會」中的一場演講，地點在日本的「仙台市」，當時天空的雪花和京都的櫻花被大風吹落的景象非常類似，觀因此刻幻想身在京都，可以提振心情，忘卻氣候的嚴寒。

14:45，203室，「愛與觸摸心跳。神田智野，東北電信研究中心」，會議議程特別標註「英文」，這是會議中少數以英文報告的論文發表。

觀因循著指示，找到神田智野論文發表的地點，門口貼著主題：「觸覺與溝通」。本來以爲英文演講的聽眾會非常稀少，出乎意料地後門入口已被人潮堵住，只好從前門勉強擠進那間教室，用力擠到最靠近演講者的位置。她呼了口氣，全身的汗水彷彿要融化窗外的飄雪，在暖氣吹送的房間裡，猶如置身於烤箱中全身發熱。或許是呼出的熱氣吹到神田的面前，他好像很輕易朝觀因這邊轉頭過來，他看見她了，微笑對她點頭示意，她把這個舉動解釋爲彼此已經認識成爲朋友的善意表現，但卻發現自己好像只能以加快的心跳回應，舉止十分靦覥。

神田好像能感應周遭的氛圍，熱氣已經蒸發開來，他必須快速切入主題，來迎接內在同步的激動，很快地投影機上出現了一個心臟聽診器連接到黑色盒子的儀器，神田靠到投影的影像前，用手碰觸投影牆上的黑色盒子：「渡邊研究員的團隊所製造的心跳觸摸器，對我的研究產生了巨大的啓發作用。這個觸摸器製作的方式並不難，心臟聽診器連上訊號處理線路與電池，再連上所謂的震動發聲器，也就是『心臟盒子』，就可以開始運作。」神田走回演講桌前，左手捧著「心臟盒子」，右手拿起和盒子連接的心臟聽診線，再用拇指與食指握住聽診器的頂端，放在大約心臟的位置。他的眼瞼下垂，專注看著捧在手上的黑色盒子。中指、無名指、小指舒緩開展，和拿著聽筒的其他兩指，從觀因的角度看過去，彷彿有朵放大的蓮花掛在他的胸前。

「噗通噗通」，心跳的聲音從黑色盒子瞬間跳躍出來，那是神田的心跳聲透過訊號處理線路，放大了平常聽不到的聲音，比打鼓聲更震動耳膜。雖然心跳無時無刻不在持續跳動著，很少人清晰聽過那樣的旋律，當神田的心跳聲如熟悉又陌生的音樂，迴盪在講堂的空間，沉睡的靈魂被那樣的聲音跨越過後，忽遠忽近的心跳節奏彷彿也從每個聽眾的胸口出來。聽眾席裡開始陸續出現笑聲，此起彼落，笑聲出現的時間點不同，被撞擊到的時間點速度不同，當把不同的笑聲串起來時，笑聲竟然也和心跳聲一樣產生了節奏，交織成二重奏。

「重要的是，當你的手觸摸到黑色盒子，同時你也觸摸到自己心跳的震動，你開啓了重視生命的門窗。」神田閉上眼睛，身體跟著心跳的節奏前後擺動。這個動作彷彿把心跳聲轉爲拉丁舞的節奏，讓坐著的聽眾有種起立的衝動。

神田繼續張開眼睛，手上的黑色盒子頓時在室內燈光的照射下反射出光芒，看起來有了《聖經》或佛經般的莊嚴。神田口中的語言，也幻化成朗詩般的抑揚頓挫：「名爲『心跳野餐』，也就是 Heartbeat Picnic 的工作坊，在渡邊研究員團隊的推動下，參與者在空曠的室外，拿著『心跳盒子』猶如野餐，或坐或站，或走或停，也可嘗試和別的參與者交換『野餐盒子』，觸摸對方的心跳。」

「再度觸摸心跳，感受生命的珍貴。努力珍惜自己和別人。因爲我們要超越這個到處被數位化的城市，在這裡，所有的資訊都透過符號，疏離了人類對環境的感覺，弱化了人與環境的連結。」

神田黝黑的臉，被黑色盒子的光芒再度反照，兩雙大眼睛裡的瞳孔，因爲映照黑色盒子的形影，變得更大，顏色更深了。這時，他突然朝觀因站著的方向走過去，觀因不知道爲何神田與他越來越靠近，只聽見神田的心跳聲隨著距離的縮短，越來越大聲，而觀因感到自己身體突如其來地灼熱起來，即使平常很少發熱的耳朵，此時也像是兩片沾上火苗的葉片，往雙頰的土地蔓延。

「我把聽診器轉給這位來自台灣的朋友，讓我們觸摸她的心跳聲，知道心跳可以沒有國界。」觀眾席上又有了新的笑聲，神田還沒把聽診器遞到面前，觀因已經聽到自己的心臟因爲劇烈起伏而發出轟轟的聲音。

在一個小時前，觀因才認識了這個男人，可是此刻感覺剛才發生的事彷彿經過許多年了。第一次踏進日本的仙台，飄雪的城市，觀因的腦海因爲深深烙印櫻花飄落的景象，走在仙台的道路上，錯覺似地以爲這是京都的櫻花季節。她善於聯想，經常俳句式地將兩個景象並置或疊合，藉此來填滿時間的空隙。

當她腳下的船形高跟鞋跟黏上的不是花瓣，是碎冰狀的雪花，她的意識回神，她整個身體趴在結冰的雪上，頭部朝下，鼻頭觸到結成冰的雪，她穿著鮮紅色鵝絨羽毛大衣癱瘓在雪白的大地上。皮包重重墜地，裡面的物品因向前慣性推動的力量與另一個較大的手提袋，飛奔到另一邊的雪地上。

觀因這才意識到自己重重地跌了一跤。

「妳沒事嗎？」不知什麼時候，一個從旁邊經過的人問她。觀因從地上爬起來的同時，那個人幫忙把旁邊掉落的皮包和手提包遞過來，並施力幫忙觀因站穩。那人是神田智野。皮膚黝黑，帶著浪人的氣質，雙眼皮配上超乎常人的大眼睛，添加了西方人的味道，不笑的時候，冷峻又莊嚴，和電影裡的武士長得很相像。她冥冥之中感到自己對於武士的好奇，每次看到武士的畫像，都會停留多看一眼，希望能在武士的眼珠裡，映照出自己縮小的影像。

等到她從神田手上接過那條聽診器的長線，她的手竟然和心臟一樣顫抖。她伸出的拇指與食指也隨著顫抖，神田手中的黑色盒子很快傳出了觀因那混雜著心臟不規則跳動與指尖顫抖的旋律，兩者合一的震動比先前神田心跳的節奏更強，這個黑色盒子果然驗證了另一個島國上的人情緒感染的力量，或許因爲島的四季有著熱帶的溫度，來自這裡的人們也有相對應的心跳強度。

「聽，雖然心跳無國界，你們應該聽得出前後兩顆心臟以不同的速度和強度環繞這個屋子，那是曾經活過的證明。每個人用不同的方式，在這個世界上活著。所以讓我再度重申，人類必須觸摸心跳，去了解活著的感受。」神田捧著那個黑色盒子，往上又往下，往右再往左，往前又往後，一顆發光的黝黑心臟，在觀因的心跳旋律下，在屋裡滑起了探戈的舞步。

觀因再度把以拇指和食指握住的聽筒往胸口壓得深些，猶如手風琴演奏者壓縮著手上的風箱，她觸摸到手風琴那種帶著淒愴又顫動的聲音，從她的胸口壓縮出來，透過近在咫尺的另一個黑色手風琴傳遞出生命最深層的律動。

此刻，屋內所有的聽眾幾乎都消失了，觀因只感覺她的一顆複製心臟被捧在神田手中，一個才認識一天的男人手中，這個男人在舞池裡，捧著她的心向四面八方滑動。那顆心臟接收著不同角度的光線，綻放出獨有的光芒，融合紅色的奔放和黑色的堅韌，轉為手風琴時還會奏出迎接蒼涼、抗拒蒼涼、迎接華麗、抗拒華麗的多重聲音。

瞬間，當所有的幻象消失，神田再度靠近她，只是這一次是取回她還緊壓在胸口的聽診器，在交換物件時，神田的手指輕輕擦過觀因手指的皮膚，觀因意識到這個玩具般的聽筒已經離開了自己的身體。

神田站回一開始演講的地方，把黑色盒子和聽診器一起放在桌前，結束觸摸心跳的時刻。他拿起手上的雷射筆，將亮光點在螢幕上，今天他的研究內容介紹才要開始。「我一直在想，如何更進一步將這個觸摸器，運用在我的研究呢。」

「我想，日本的人民在表達情感的時候，通常都在很困難的情況下勉強完成的。」他停頓了一會：「我的靈感來自母親觸摸嬰兒、褓母觸摸嬰兒，他們之間產生強烈心跳共振，我想知道觸摸對方的心跳聲是否能增加彼此的心靈溝通。」

「我們找到願意參加實驗的男女各一百二十位，將男女兩人隨機配對後，分爲實驗組一、實驗組二與對照組。實驗組一的每對男女每天見一次面，並以心跳觸摸器觸摸彼此的心跳聲十分鐘。實驗組二的每對男女每天同樣見一次面，見面後互相擁抱十分鐘，但不使用心跳觸摸器。對照組中的每對男女見面後毋須擁抱也毋須使用心跳觸摸器，只是互相打個招呼。」

「經過了三個月後，我們分別以十三種和心跳相關的參數測量每對男女的『心跳和諧度』、『心跳共振』程度，也就是degree of heartbeat synchronization。『心跳和諧度』越高，男女之間的『心跳共振』就會越高。」

這時，螢幕的投影版上出現了3-D電腦模擬的一顆心，噗通噗通一漲一縮，接著又出現另一顆心也一樣跳著，卻帶著不同頻率的心跳。「各位，你只要感覺敏銳，馬上可以透過直覺知道這兩顆虛擬的心並沒有同步共振。對，你的感覺比機器測量出來的還要準確。」神田似乎知道什麼時候，要給觀眾一些激勵振奮的語言。

「這兩顆沒有同步共振的『模擬心臟』是無法有效溝通的，但是我們大膽假設，透過心臟觸摸器的催化，兩顆『眞的』心可以變得比較容易共振。就像剛才，我們看見我和台灣來的友人，我們的心跳仍有『國界』，但如果我們能增加觸摸彼此心跳的機會，我們相信那道國界的『牆』就會逐漸倒塌。」

隱喻引來台下的笑聲，觀因卻感到自己的心跳聲還是和剛才心跳被機器放大的時候強度沒有多大落差，那個黑色盒子好像變成自己的第二顆心臟，被植入了身體。

「經過三個月的時間，如同前面說的，我們分別測量實驗組一、實驗組二的『心跳和諧度』和對照組的『心跳和諧度』的差異，令我們非常驚喜的是，經過精密的計算後，觸摸對方的心跳聲提高了大約百分之六十的參與者的『心跳共振』程度，擁抱對方的行動提高百分之三十參與者的『心跳共振』程度，而對照組則未顯現任何影響。」

螢幕上許多數據和圖表快速一一出現後又消失。投影器的螢幕上出現了一顆 3-D 模擬的心臟，河流般散開的鮮紅色血管，纏繞著一顆跳動的心臟，河流不斷擴張與收縮，那顆心猶如地球被擠壓變形，在蒼茫的宇宙中還沒有固定住形體，還在尋找自己的最終形影。心臟旁邊擺著一顆大腦，被灰白色的層層皺摺覆蓋，那些皺摺，讓觀因好像瞬間從飛機上俯瞰，下面的雲層此刻正包圍住一顆名為大腦的星球。

「你們大概十分好奇，提高『心跳共振』的直接影響何在？我們假設，『心跳共振』的程度越高，人與人之間的『心電感應』能力越強。」

神田用雷射光筆點了點螢幕上的心臟和大腦。然後從自己的講台離開，走到投影片的螢幕前，讓投影機投射出去的光束，正好射到他所站立的位置。他雙臂展開，迎向那片光束，光束裡有些微粒在漂浮著，他就像站在星際銀河裡，要從一個星球與另一個星球接軌，隨著微粒的漂動，他看起來也微微浮動，朝聽眾的方向漂流過來。

「各位，你們看這光束，從投影機那邊射出，並把我包圍其中。如果那光束是人的腦波的具體呈現，那麼被它射中的人，就可接受到這束光的訊息，解讀裡面暗藏的意義，這是『心電感應』的比喻。」

他從光束退出，走回演講台，那裡的光線比投影片的螢幕黑暗，神田的臉也跟著幽暗起來。「從『心跳共振』到『心電感應』將是人類的一大步。我們只是夢想著，有一天人類可以更具同理心地知道對方的心意……」

從光束退出後，神田猶如躲進了一個黑暗的角落，黑色西裝將他襯托成一個在暗夜裡等待出擊的武士，他伸出了手再度指向投影片，手上似乎拿了一支虛擬的劍，準備揮向暗夜的夜空。「當然，我們的心跳觸摸器仍有許多改進的空間，目前也還沒有適合的科學方法或儀器可以較精準測試彼此的『心電感應』。但或許在那天到來之前，我們還是可以非常努力地用我們的方式來增加彼此的心電感應。在今天的演講後，透過多觸摸和擁抱你的家人、戀人和朋友，如此而已，這個世界就會以不同的方式運轉。」

這時，神田向大家鞠躬，演講結束了。他沒有再度走入光束，唯有讓自己縮小在演講台前，或許他會比較自在地拋出那樣的結論。這個訴諸感性面的結論讓神田很單純地用那樣簡單的方式總結了今天的演講。

當人群從演講教室逐漸解散時，觀因仍等在那裡，但神田被許多學生與老師包圍著，觀因想向神田致意，但覺得自己站在那裡如此久的時間會引發尷尬的表情，「或許還有機會見面吧。」在進與退之間，觀因猶豫了十來分鐘，突然感受到自己腫脹的膝蓋一股強烈的痛覺從腳回流到心臟，「那是早上跌倒時，撞到了胸口嗎？」觀因又不確定。這種異於尋常的痛感，多年來未曾有過……。

回到台灣後，疼痛感斷斷續續像是幽靈不小心壓到胸口，連呼吸都伴隨著受到壓迫的窒息感，每當這樣的感覺跳進觀因的意識，神田的臉孔幾乎同時浮現。

她看了心臟科醫師，查不出疼痛的原因，醫院院長還開玩笑說：「我看妳是得了『嚴重撞擊症候群』，是一種幻覺吧！」當她開始催眠自己回歸到常軌，神田的電子郵件在一個午後，意外地滑入信箱，訊息主旨爲：「在雪地融化的音樂盒」：

觀因教授：

很高興在仙台的會議裡認識了妳。櫃檯負責人前兩天才把妳在櫃檯給我的禮物和名片轉給我，謝謝妳送給我這麼可愛的禮物，是巧合吧，這個音樂盒子竟然和我推廣的心臟盒子長得很像呢！裡面的音樂：〈荒城之月〉，是我小時候經常聽到的歌曲。有一年的紅白對抗賽裡，歌手唱著這首歌，父親聽到以後說：「在荒城裡，有一顆皎潔的月亮也就夠了⋯⋯。」

而今天，是日本大地震與海嘯過後的第三天，距離神田的那封郵件大約才一個星期。坐在電腦前，那些重複播放的災難影片，讓她腦中塡滿海岸移動漂流的意象，岸邊大片的土地與道路從空中俯瞰，像快速坍塌的變形積木彼此擠壓，最後壓扁變成垃圾被遺棄在污染的海域裡。有時，觀因幻覺似地感覺電腦也是被海嘯撞擊的防波堤，如今，漂流在廣大無邊的海中，她已經失去了各種聯繫的管道。當主旨爲「心臟盒子」的郵件進入她的海洋裡，她被前所未有的巨浪捲入深海裡：

觀因教授：

三月十一日當天，我帶著五十台的心臟盒子，準備參加某個高中的學生聚會，並推廣「心跳野餐」活動，但在海邊公路上，一陣巨浪將我捲入了海裡，那五十台的心臟盒子，也一起沉入了大海。但，請不用擔心，我還能寫信給妳，妳是包含在我要發信的朋友名單中。凡是在我生命中，曾帶給我歡樂、喜悅、痛苦、茫然的人，都在名單之中。名單中的朋友，都是曾用各種方式，與我的生命交集、交錯、交叉等的有緣人，也因爲如此，請接受我的祝福，我想再一次碰觸妳的心跳。

神田智野

此時，觀因感覺身體背著海水的重量，那些滾動的波浪將她推進大海渦輪機裡，高速旋轉後又被加速拋開，直到大海的最深處。她的頭髮散開，猶如赤裸的海女被奪走了所有的護身器具，只能呼吸急迫地搜尋打撈那些散落的黑色心臟貝殼，那些黑色盒子如今也和海水一樣有了沉重的重量，聚集後變成巨大的箱子，將她層層夾住，她的心臟彷彿被無邊的重量撞擊，幾乎要破成碎片。「神田在海角的一隅嗎？我要打撈的黑色盒子附近可以找到神田的蹤影嗎？」她的眼睛被滲入的海水弄痛，無法再睜開。

觀因沉睡了，沉到更深的海域，被各式各樣的黑色魚群環繞，那是心臟盒子的變形，過去神田演講時連接黑色盒子的聽筒，也變成魚頭邊的長鬚，魚的呼吸聲被放大如心跳聲，在深海裡攪動海水的前進，衝力將海水灌進觀因的嘴，她的身體開始膨脹，最後終於破裂，散在各種魚群間。

觀因擦擦疼痛的眼睛，她已經在電腦前睡了好幾個小時，當她醒來，「神田還安好嗎」的意識重新進入，她呼吸急促地尋找神田的名片，上面的電話一直顯示占線，在連續試了二十四小時後，觀因決定暫時放棄這個唯一可以聯繫的管道，她手臂痠痛，精神疲憊，無心於學校的工作，整個頭腦完全被神田的生死占據，更沮喪地發現原來自己可以和神田聯繫的管道竟然如此稀少。

兩個星期後，觀因在疲憊中收到神田在海嘯平息過後的第一封信，主旨爲：「遷徙的童年」。

觀因教授：

在發生了生命的巨變後，我認識了生命的脆弱與時間的本質。我們以爲時間可以永恆存在，但瞬間她就消失了。因此我很想讓妳知道一些關於自己的過去，好讓這個世界還能存在與我共享這個部分的人。

先從我的父親談起。他是廣島人，到京都大學求學，獲得人類學的學士學位。之後被學校派到台灣去做原住民的人類學調查。據說因爲支持台灣人民追求自主的請願運動，被日本警察祕密遣送回到廣島。這段往事，還是我從母親那裡聽來的。我對父親的事，所知甚少，他永遠是個模糊的影子。

大約四五歲的時候，舅舅到我家將我帶走。他先是告訴我說，要帶我去火車站看火車，到了火車站，我被帶上了火車，火車很快開動了，我問舅舅：「火車開了怎麼辦？」舅舅回答說：「那很好，你要到新的地方去了。」我開始大哭：「我要回家，我要回家！」火車一路駛向東北，在一個小城鎮停下來。然後，我們一起走了很長的一段路。

我開始與外公、外婆、舅舅、阿姨住在一起。剛到這個新家時，我瘦得跟猴子一樣，他們笑說我得了「瘦猴症」。醫生說，如果我繼續瘦下去，可能還會有生命的危險。但我的食慾一直不佳，「你媽媽沒把你照顧好，把自己弄得那麼忙，孩子總是最重要的吧！」外婆經常這樣嘀咕著。

至於母親在我童年時，爲何總是很忙碌。我原先並不知道，後來才知道這是父母親一生的祕密。從我的童年記憶開始，父親總是光著頭，沒有頭髮，而且不管天氣多熱，他都穿著長袖。

我在外婆家住了下來，這一住就是兩年。兩年間，我再沒見過我的父母親，我也逐漸忘記小時候住過的京都長什麼樣子了。直到有一天，我的生命又有了逆轉。

到了這裡，電子郵件瞬間戛然結束，但觀因安心了，她想神田在大海嘯來襲後，躲過了死神的召喚，被奇蹟似地救了出來。觀因的好奇心被點燃後，趕緊回了一封信：

神田教授：

海嘯過後，眞的好高興你一切無恙，還分享了你的一些回憶。因爲你推廣「心臟盒子」，我也要告訴你關於音樂盒子的巧合。父親在我小學一年級時到京都大學留學，過了一個月我們收到父親的第一封來信和一個包裹。裡面是一個小的心形音樂盒，說是在京都三条通上的老店發現的，發條上緊後，〈荒城之月〉的音樂會重複放送。由於父親的關係，我們對京都似乎都有某些記憶，很想知道更多關於你的故事。

兩個星期後，主旨爲「遷徙的童年（二）」的電子郵件，又和前一封郵件一樣，在海嘯來襲的時間，也就是14:46，滑入了那片電腦汪洋。

觀因教授：

我要繼續分享記憶裡的片段。在東北住了兩年後，父親突然從京都寫來了信，要我回到京都念小學，說是那裡的小學比東北的鄉下學校要好多了。舅舅怕我不能接受這個事實，特別帶我去看了場電影，並在電影結束後，把我叫到一棵樹下，唸著父親的信。他一邊唸著信，我一邊哭著：「我不要回去，不要回去！」

但我終究回到離開兩年的京都，開始了我的小學生活。但是，由於我在東北的鄉下地方度過童年，班上同學的「京都氣息」和我相當不同，我逐漸嗅出同學和我無法跨越的那個部分，只好以沉默寡言面對，我變成班上那個不愛說話的學生。

但，接下來要陳述的故事，妳可能很難想像。在京都度過了半年的小學生活後，父母親突然又把我送回了東北。這一次，我以爲是他們了解我的心情，或是因爲老師曾向他們表達我的狀況，因此想要我重新回到那種比較適合我的地方。

我進入了東北的小學校。但那裡的同學已經彼此相處了半年，我變成了一個陌生人闖入了他們的世界。在他們眼中，我可能是一個異地來的同學，他們可能覺得我不是和他們來自相同故鄉的人。我努力試圖去適應新的環境，三個月後，父親又再度來信要我回到京都，繼續在京都小學的學業。但這一次，我完全不了解父親的用意。

我抗拒著，以至於在回到京都後的第三個星期，我因爲憤怒，躲在學校裡一個幾乎長滿雜草的小防空洞裡兩天。學校裡的老師、同學、全都出動找我，但都沒法找到我。他們報了警，也出動了警察，在街道搜索了一天一夜，後來是我自己因爲又渴又餓，走出了防空洞，走到辦公室，在那裡我看著蓬頭垢面的母親，和鎖著眉頭的父親，他們臉上憂傷的表情，是我終生難以忘懷的景象。這一次的事情發生後，很奇怪的，我又被送回了東北。

這封開始涉入神田個人情緒的電子郵件，繼續瞬間停止，沒有禮貌性的結語與問候，很有節奏似地在某個該停止的地方暫時結束，留下了許多觀因想繼續知道的內容。第三封信，主旨爲「遷徙的童年（三）」，在兩星期後又在同一時間出現時，觀因已經等在電腦前。

觀因教授：

感謝妳繼續聆聽我的故事。這一次，我回到東北，了解了父母親行爲的祕密。爲什麼稱之爲祕密，因爲父母親的心裡，潛藏著奇怪的恐懼與焦慮，他們不願他們的小孩知道他們爲何必須把孩子在兩個地方來回輾轉。

阿姨和所有的人答應幫父母親守住這個祕密，但阿姨同時也看見我的恐懼，因此在衡量兩者的恐懼間，她選擇告訴我部分眞相，雖然全然的眞相對我永遠是個謎。

阿姨很謹愼地選擇述說故事的地點。她認爲訴說這個故事必須有些象徵式的儀式，才能讓故事保持某種保密性。她選擇在當地小學校園裡的某棵銀杏樹旁，很嚴肅地進行儀式。她說有一年的大地震，所有的樹都倒下了，只有那棵樹奇蹟似完好矗立，所以那棵樹有人類無法預知的神力。

隨著銀杏樹的微動，故事開始展開：「你的父親從台灣回到日本後，繼續回到京都大學，進入研究所就讀，那年是一九四〇年，他二十五歲。五年間，斷斷續續，因爲戰爭的關係，他的求學屢次中斷，當時的年輕人都被召去當兵，但可能因爲他以前有過特殊紀錄，徵兵令一直沒有下來。一九四五年，德國投降後，美國與日本之間進入最後的決戰，當時的風聲是，京都或許會遭到強烈的空襲。你的父親當時非常想念他在廣島的家人，於是坐了火車回到故鄉住了一個月。在八月六日這天早上，他正好從廣島的市中心離開，準備探望住在郊區的祖父母，在快要到達時，瞬間一股無形巨大的爆炸將他彈到很遠的地方，等到意識恢復後，他的身體已經遭到強烈灼傷，被送至附近的緊急避難所就醫。」

阿姨沒有用太強烈的字眼，形容父親身上的傷，彷彿怕一個小學生太難懂或必須承受超齡的驚嚇。我用我的方式記住她所說的話：「簡單的說，你的父親就是廣島原爆的受難者。如果不是因爲他離開了市中心，或許他也不會繼續留在這個世界上。但巨大的爆炸，卻讓他從此活在痛苦裡。他灼傷的皮膚以一種既緩慢又快速的方式腐爛，每隔一陣子，那種痛苦侵襲的時候，他與你母親害怕你看到他哀嚎的情景，所以必須把你送走，他們也曾尋找過世界上最先端的醫療機構，想要讓狀況好轉，但輻射的毒害，幾乎是以基因突變的方式，讓你永遠不知道下一步會是如何逆轉你的生命。」

「你父親的外在傷口正好可以用衣服包裹起來。他的哀嚎可以不讓你聽見，你的父母親選擇不讓你進入原爆受害者的世界，他們想永遠將你隔離在這個圈子之外。」

電子郵件再度在觀因不想停止的地方又停止了。這次，觀因的胸口感到一股劇痛，如同她剛從日本仙台回來的感覺一樣。她有股必須立刻回信的衝動，比之前的任何一封信都要強烈。

神田教授：

再次感謝你將生命終極私密的部分與我分享，或許是中文裡「盒子」與「核子」諧音，我感到一種無法逃避命運的嘲弄。你推廣的心臟盒子，與你的遭遇有關嗎？我願意知道更多關於你的故事。祝一切順利！

觀因一次比一次更急切想知道下一封信的內容，但她開始有了耐心，也開始有了預期，她預知神田的回信將在兩個星期後的同一時間像一葉扁舟，載著神田的故事，讓她載浮載沉。觀因開始覺得神田彷彿具有對抗毀滅的幽默感，對命運投以玩笑的形式。果然，一切如同預料，那封信進來了，卻有了令人意想不到的新主旨：「焦黑的羽鶴」。

觀因教授：

我的阿姨在說了那段話後，沉默了一段非常久的時間。我不記得有多長的時間，最後我只聽見銀杏樹的葉子被風吹動的聲音。

然後，阿姨的聲音又進入我有點近乎昏迷的世界：「你的父母親原本在發生廣島的巨變後，兩人決定終生不要生育孩子。他們不希望可能的基因突變遺傳給下一代。後來一件不可預期的事情發生了，那件事情再度改變了他們的一生。

「他們在十五年後，回到廣島，當時，一切已經在復原中，和平紀念資料館也已經開館。他們參觀了紀念資料館裡的陳列，就在看到一張照片時，你的父親開始啜泣。那是一個受害者，他的背部烙印了所穿衣服的紋路，高溫將衣服的圖案融入了他的皮膚，將永生訴說著爆炸那一刻的時間接縫，留下的圖案很殘酷地不讓人脫下當時所穿的衣服。

「你的父親從啜泣到掩面擦拭眼淚，到最後身體不停地抽搐。他幾乎無法再站立。那個晚上，你的父母親住進了旅館，在那裡你的父親第一次全身褪去他的衣服，讓你的母親仔細看歷史在他身上所留下的傷痕。那些放射狀的腐蝕處，竟像是十幾隻羽鶴在暗夜裡的陰影，投射在整個背部，互相交錯，像是要同時飛出去的剎那。

「本來，用紙摺小羽鶴送給受難者，代表永恆的希望，如今這些想要飛翔的羽鶴，與原爆受難者一樣，也被黑色原子氣團給瞬間燒焦了。背上還有一塊黑色方形的圖案，框住那些羽鶴。手臂也有兩三塊。

「母親撫摸著這些傷口，父親痛得叫了出來。那個晚上，他們在廣島原爆後，第一次完全脫下衣服進入對方的身體，母親小心不要碰觸到那些傷口，那個晚上，他們兩人在痛苦的愉悅中完成了身體的滿足。也就是在那個夜晚，你的母親可能忽略了那是受孕的危險期，或說她因爲被你父親身體的殘缺，引發了母性的本能，拋開了所有的顧慮。在那樣的情境下，她懷孕了。他們非常震撼，多次想要拿掉孩子，也多次走到醫院門口，又再度折返。這樣重複了數次。」

電子郵件又給了一個句點，後面沒有句子了。此時，觀因看見神田的臉孔與自己父親的面容竟然融成一體。在教學、寫論文、擔任行政工作，還要照顧兩個男孩的同時，觀因很想沉澱一段時間，用一段長的時間去回應這封內容十分特別的信件。但她最終還是選用簡短的形式讓自己保持某種表面的理性：

神田教授：

我想告訴你，每個人生命或許都有缺口，痛苦的背後，我們羞恥感的源頭，經常不爲我們所知——期待你的繼續來信。

第五封信件，主旨爲「缺席的擁抱」，兩星期後也在觀因的預期下再度來到。

觀因教授：

讓妳知道我的生命故事，讓我有了分享的喜悅。我還要繼續訴說我的故事。阿姨繼續回憶，我被生下來了，父母親爭取與我相處的時間，父親知道他隨時會離去，所以每次我在京都時，他都要給我最好的回憶。

從我知道父母親的故事開始，我讓他們將我輾轉於兩個地方之間。我將憤怒與恐懼埋葬，並努力讓父母不知道我已經知道他們的祕密。直到父親在我初中時往生，他都相信我不知道他的祕密。然而，遺憾的是，此生我永遠隔著距離看他。他對我來說，永遠是模糊的影子。

這封信快速地結束，令觀因有些措手不及。在回信中，她急切想分享自己的心情：

神田教授：

我自己小時候父親留學京都，在我的生命中缺席了三年。我一直在找尋答案，在我無法自在地表達情感的背後，是否被這個事件所支配著。——期待你的繼續來信。

但，兩個星期後，神田的信件並沒有如預期般來到，觀因又等了兩個星期，一封主旨同樣爲「心臟盒子」的郵件再度滑入她的海洋世界，這次，她的手不自主地顫抖，她心臟跳得比打開之前的幾封郵件更猛烈，日文的書寫在她眼前逐字展開：

觀因教授：

神田智野教授於二〇一一年的三月十一日從自己的辦公室離去後，至今仍然失蹤，根據助理的推測，他應該是在大海嘯發生的時間，穿越過海邊公路，那條公路當天已經被大浪捲走，因此我們認定他生存的機會渺茫。神田教授生前與我們簽約，如果他發生意外，我們將會以電子郵件的方式將他的早年生平送給他名單上的少數親友，我們並不提及他的死亡，並以他的名字署名，因此妳過去會收到幾封「來自天國的信件」，這算是一種另類訃文。我們也打算繼續寄更多郵件，讓妳持續可以收到來自天國的神田的祝福，但神田的家屬要求我們停止寄出這樣的信件，所以這封郵件算是最終的信件。謝謝妳過去對神田智野的關心，我們期待妳的生命不會因爲神田的離開而改變。

眞島保險公司合掌

隔著兩行，有個附加的「ps.」：

今天在神田半倒塌的研究室裡，找到一個包裹好的盒子，上面寫著妳的郵寄住址，我們打開包裹看，裡面是他推廣的心臟盒子，那是目前僅存的一個心臟盒子，神田的太太委託我們暫時保管它……。

菓子屋裡の蟬刺青

這年京都的櫻花比預計開花的時間早了十天，以櫻花著稱的哲學之道在眾人還來不及注意的時間點上，一夜間所有的櫻花都盛開了，長達兩公里。

楊羽珍接到大江貴之教授的電話時，她還在晨曦的睡夢中。

「羽珍，今天妳一定要出來看櫻花，這不是妳這趟來日本的目的嗎？」電話那頭的聲音非常高亢而興奮。

「喔，櫻花開了？」羽珍昨晚做了一個噩夢，忽然有些弄不清楚自己此刻是否還在夢境裡。夢裡，前田雅治朝她看了一眼，然後幽靈般消失，她到處找尋他，但完全沒有結果。

「還在睡覺啊，眞不好意思吵醒妳。」

「沒關係，已經醒了。」

「告訴妳，如果能看見第一天的櫻花，會有好運來到。」大江教授仍保持很高亢的聲音。

她和大江教授約定下午兩點在哲學之道的起點見面，那裡有一個石碑，寫著：「哲學之道」。早上她特別去了一趟美容院，裡面那位阿嬷級、名爲愛子的女士，整整花了一個小時，把十幾個髮卷捲在羽珍的長髮上。「像個日本娃娃喔！」愛子在吹完最後一撮頭髮的弧度後，滿意地凝視著眼前的這個異國女人。

大江教授也是，他一見到羽珍，露出了一種穿透她身體的眼神，讓她感覺自己彷彿瞬間褪去衣衫的赤裸感。這時，一陣風吹來，旁邊櫻花樹的一瓣櫻花正好掉落到她額前的頭髮，夾在髮絲裡，像是一個小小的髮飾品。大江突然伸出手來，拿出了那一片櫻花瓣：「夾到頭髮裡了。」他無意識地靠近了羽珍，距離近到她還可以聽到他的呼吸聲。

大江用自己的方式亦步亦趨地跟在羽珍旁邊，其實從進到哲學之道後，幾乎沒能好好欣賞櫻花，櫻花樹一棵一棵從眼前滑過視線，好像無意識那樣自然。即使每年櫻花消失得無影無蹤，他知道隔年還會盛開。

但他知道羽珍不會每年都來京都，心中有種隱約的害怕，害怕羽珍今年習慣了櫻花後，明年不再感到稀奇了。那樣的心情，隨著眼前的一陣風，吹進了他的胸口，不明的酸澀感覺，也一起湧了上來。

他撥了撥自己的頭髮，心想：「早上吹好的頭髮應該也早就被微風吹亂了吧。」今天早上，他特地去離家只有一個轉角的那家理髮店，帶著拘謹的微笑對老闆說：「吹個看起來年輕的髮型。」他好像很怕老闆看出他潛在的意圖，說話時擠出了微笑，讓他看起來像是沒有經過刻意計畫的樣子。理髮老闆已經替大江理了三十年的頭髮了，很快察覺到他的不同，刻意開了玩笑：「要去見個重要的人喔，是吧！」大江的雙頰瞬間脹紅起來，連耳朵都被這場熱火波及了。

理髮師父和平日一樣小心整理大江的頭髮，他們兩人的歲數相當，從大江三十五歲那年搬到位於京都的左京區居住，理髮師父已經在那裡開店兩年了，一晃眼三十年過去，兩人現在連眉毛的尾端都開始發白了。

大江兩個星期前先把已經灰白的頭髮染成了黑色，但沒注意到還有眉毛，今天那些發白的眉毛，在鏡子前顯得閃閃發亮，好像要炫耀它的白光似的。他在鏡子前左右端詳兩邊的白毛，臉上一絲的焦慮從鏡中反射回來。

「高橋桑，你可以補染這兩撮發白的眉毛嗎？」大江的音量很小，好像怕自己的這個舉動會震驚了還在幫他理髮的師傅。

「啊，變得愛漂亮喔，對吧，我沒講錯吧，如果太明顯了，女兒也會懷疑了吧。」理髮師傅好像與大江共同守住祕密般從中得到無上的樂趣，繼續說，「不過安啦。有機會的話，我會告訴你女兒說是我慫恿你這麼做的。畢竟，我可以拿你當活廣告，開始多賺點染髮的錢，這年頭賺錢可是很辛苦啊，是不?!」

「你看我現在頭髮是黑的，眉毛卻發白，你這個師傅也要負責任吧！」大江先前的焦慮，被師傅的大笑聲傳染，他臉上緊縮的線條鬆開了。

「爲了你的這幾撮眉毛，我還得開瓶新的染髮劑，眞傷腦筋啊。」

大江走出這家理髮店時，感覺身體都變輕了，整個人能抬頭挺胸，「這個感覺眞棒。」他把手插在口袋裡，吹著口哨。

哲學之道上的風，在四月初的春天，出沒無常，有時微微攪動身體的皮膚，有時卻很急地掃過臉頰，讓一個早上的努力都散亂了。

等到大江回過神來，已經又走了一段路了，附近台灣遊客的口音此起彼落，有幾瓣花瓣也從他的眼前飛過，他伸手想去抓飄落的花瓣，連走路的腳步也抬高了數公分。每當羽珍請他幫忙在某個地點按下照相機時，他同時窺視鏡頭中的影像，聽到自己急促的呼吸聲。

兩人走進一家菓子屋，抹茶的細緻味道從打開門的剎那就迎面而來。羽珍一坐下來，望著服務生送來的各種點心內容，「啊，這家的抹茶裡還加了幾瓣櫻花花瓣！」這是她去年第一次來京都時未曾嘗過的口味。

她看著印刷精美的介紹單上的各種照片，低著頭，額前一撮頭髮滑落了下來，些微遮住了眼睛，她順手撥弄了頭髮，先前被風吹散的頭髮，蓬鬆似地呈現彈性的質地。大江看著羽珍撩撥頭髮的姿態，有點出神了，然後他吞了吞口水，讓自己不要顯得失禮。

「很少有女教授像妳留這麼長的頭髮，整理起來不容易吧。」他平日的聲音低沉渾厚，現在卻把聲量壓小，幾乎是喃喃自語，話被羽珍打斷了：「就點櫻花抹茶吧！甜點要櫻花造型的甜蛋糕。」

「我也點一樣的。」大江把介紹單合了起來。

「真的，台灣的女性真的比日本女性活潑很多，從去年第一次妳來與我們學術交流，就被妳眼中的熱情感染了。那種感染，讓生命有了一點可以依賴的幸福……」

「啊……」羽珍對這突如其來的話語感到驚訝，連忙以日本女性的態度回應：「不，不，來到日本受到您的諸多照顧了，也很不好意思，花掉您許多寶貴的時間。」羽珍使用日本的敬語，拉開了兩人的距離。

「有時會感覺時間不知道是如何流逝的，這麼多年來，我努力寫書寫論文，好像也累積了許多社會資源，有了社會地位，但有時在深夜裡，會突然感到自己好像什麼都不曾擁有，那種突然升起的一無所有的感覺，讓自己茫然失措……」

「大江教授，您太客氣了，您在腦科學研究方面的巨大貢獻，是大家有目共睹的，今天我能和您坐在這裡，其實是我的榮幸。我沒想到您這麼有親和力，帶我來看櫻花，把我當成您親近的朋友。」羽珍繼續用敬語回答。

「請不要談什麼社會成就，和妳在一起，從妳的眼裡，讓我看到自己時光的流逝，如果不是妳的出現，或許我寫書寫論文寫到八十歲時，還不知道自己生命到底錯失了……」

櫻花抹茶送來的時刻，打斷了大江的說話，六瓣櫻花點綴在抹茶的表面，像是漂浮在綠色的水池上。大江發現自己的耳朵發熱，熱氣還蔓延到眼睛，趕緊喝了幾口抹茶。

「對了，大江教授，您最近開始從事自閉症孩童的腦部研究，有什麼有趣的發現嗎？」

「說來妳也許不相信，雖然現在的科學界仍在尋找自閉症小孩的腦與一般人有什麼不同，但我並不相信那一套。我的腦研究將導向他們的腦構造很特殊，但絕不是指他們的腦構造有問題。妳知道，如果從佛教的觀點，這些孩子如此專注於自己的世界與興趣，他們是最活在當下的人，也可能是阿羅漢的投胎。」

「是啊，像我知道亞斯伯格症者是屬於高功能自閉症的一種，據說很多這種人都是高智商，而且當他們專注於自己的興趣時，完全忘記了時光的流逝。多令人羨慕的當下！一般人總是困頓於思緒太雜亂，無法專心。」

「抹茶從外界接收來的光，總讓我想起自閉症孩子眼裡的光芒。」大江將抹茶碗放了下來，抹茶的波光還在搖晃。

「說到專注，讓我又想到另一種完全不同的意境，那是耽溺的執著，例如谷崎潤一郎對女性美的執念已經到了瘋狂的地步。妳讀過他的〈刺青〉嗎？」

「念大學時在日文的文學課上讀過，不過細節有點忘了，好像是一個女性被刺青師昏迷了，刺青師在她的背上刺了一隻蜘蛛。」

「不錯，最令人震撼的是，刺上了那隻蜘蛛，那女人醒來後性格產生了巨大的變化，原來是溫婉典雅的女性，蛻變成一個專門獵食男人的蜘蛛女。而那刺青師父從那女人的臉上看到刺青後的自信所產生的超凡之絕美，甘願成爲第一個被女人吞噬的男人。」

「魔性是具有破壞力的，我知道的……」羽珍感覺彷彿也有隻蜘蛛從脊椎處往上爬。

「作爲一個腦科學專家，我總是注意著什麼行爲會造成性格的巨大轉變，刺青引起了我的注意。啊，怎麼說到這裡的……」

「是因爲抹茶吧。」

「其實，告訴妳一個我的小祕密，我收集了一些不同的刺青貼紙，一直想送給有緣的女性，除了好玩外，也想知道刺青是不是眞的能改變一個人，即使只是貼上貼紙？」

「啊，原來您的生活都離不開大腦與人的關係。」

「當然，這個想法如果變成眞的研究，許多人會以爲我在開玩笑。當一個人變成了某一類的教授後，人們對你形成了刻板印象。不過，我告訴妳，其實，我的玩心很重，六十五歲後突然很想重來我的人生……」大江一邊說著，聲音有點顫抖，他低下頭，打開他的公事包，從裡面拿出了十幾張刺青貼紙。

「這是我收集的刺青貼紙，看看妳比較喜歡哪一個？」

「啊！」羽珍發出一個近乎高音的驚呼。她深吸了口氣，伸出右手，觸摸那些貼紙的質感。她開始端詳貼紙的形狀，有玫瑰、蝴蝶、龍、蛇等刺青店經常販賣的類型，還有一個看似熟悉，卻不知是什麼的圖案。

「這是哪種昆蟲？」羽珍很好奇地摸著那款動物的圖案。

「這是蟬，每年夏天都啼叫的蟬。」

「喔，我那麼喜歡聽蟬叫，竟然沒認出這是蟬。」

「這個刺青將蟬的身體做了一些變形，讓牠的腳接近蜘蛛的形狀，看起來有點是蟬與蜘蛛的混合體。」大江帶著誇張的口氣。

她拿出手機，搜尋關於蟬的資料。

若蟲時期從三年至十七年不等，在黑暗的土壤裡以樹根汁液爲食，每脫皮一次即長大一齡，稱爲一齡若蟲，大約五齡時爲終齡若蟲。當若蟲爬出土壤開始羽化，胸背部開始出現裂縫，直到身體全部脫離蟬殼，即進入成蟬時期。成蟬時期不過只有二至四週之久，蟬的生命即告終。

「雄蟬的生命很壯烈呢！為了求偶終日大聲鳴叫，交配後十多天即死去。」

大江的眼睛泛著光亮。

「這隻刺青昆蟲是雌蟬吧！」

「當然，想給妳的當然是雌的！」

「您說，您要把這個刺青圖案給我？」

「當然！」

「即使收下來了，也可能不會貼在身上吧，雖然以前看〈刺青〉時，曾經好奇幻想過如果自己也被刺上蜘蛛的圖案會變得如何，但終究是幻想而已。」

「幻想變成現實時，有時會掀開一些妳不知道的生命面紗。」大江的兩眼盯著羽珍，讓她不得不將頭低下來，刻意避開那種眼神。她的手撫觸著蟬的刺青，那雙變形的蜘蛛般長腳，彷彿刺痛了她的指尖，她本能縮回了食指。

她再度伸出手指碰觸蟬的身體，害怕的情緒被憐惜的心情取代，「自己那麼喜愛蟬的鳴叫聲，應該也要喜愛蟬的身體吧，為何對蟬如此陌生呢？」她的心裡喃喃自語。她輪流用中指、無名指、小指摩擦著刺青，蟬甲殼的硬度，隨著撫觸的次數多起來時，越來越能感覺出來。

她將刺青放進帆布包裡，位置正好在她的口紅前。「我要上洗手間，請您等一下。」

「我也想上洗手間，一起去吧。」

服務生告知洗手間在樓上，必須換上拖鞋才能上樓。羽珍脫了鞋子，鞋頭朝向樓梯，她注意到拖鞋上有櫻花的圖案，好像拖鞋沾上了真正的櫻花的感覺。她穿上了拖鞋，踏上了非常狹窄的台階，一步一步往上走。大江緊跟在後面，頭部幾乎就要碰到羽珍的臀部。

台階與台階間的距離很小，羽珍感覺她彷彿用小碎步在走路，時間因而變得緩慢。而階梯的弧度有點陡，讓她有攀爬在峭壁上的錯覺。最讓她不自在的，是樓梯空間的狹隘，使她每走一步，就感覺大江從後面跟進了一步，兩人彷彿同步在攀爬一個向上無限蔓延的階梯，而她只要一不小心，臀部就可能整個壓住大江的頭部。於是，她的呼吸逐漸不均勻起來，好像後面有個雄性的動物，隨時也可能撲到她的身體來。或是她的腳跟隨時可能踢到對方的臉頰，把對方的眼鏡彈到地面。她戰戰兢兢走著。

時間變得遲緩，終於她看見了兩間洗手間，男的在左邊，女的在右邊。整個二樓就只有兩間小型的洗手間，其他什麼都沒有。羽珍開了洗手間的門，隨後大江也開了隔壁的洗手間的門，兩人都進去了。進了洗手間後，她呼了一口長氣，剛才的緊張感隨著呼氣釋放了。她注意到洗手間很狹窄，蹲下去時還要很小心才能對準那個馬桶。

她趕緊拿出手機，察看前田雅治的電子郵件是否進來，這是她今天一直等待的訊息，但手機上並未顯示任何新消息。收起手機，她立刻想補上口紅，剛才喝櫻花抹茶時，把嘴唇上的口紅都吃掉了。她總覺得自己臉上如果沒有口紅的顏色襯托膚色，就會顯得蒼白無神，因此隨時都記得要補上口紅。打開帆布包，她找到口紅的位置，抽出了長條形的口紅，那個蟬刺青竟然輕輕貼在上面，瞬間滑了下去，像蟬會飛一樣從下面的門縫滑出了洗手間。

「啊！」羽珍壓低自己因驚訝而發出的聲音，趕緊以飛快的速度對著口紅盒子裡的鏡子補上口紅，之後開門想趕緊把刺青撿回來。

當門一開，她幾乎驚嚇到了。大江已經站在她的前面，手裡拿著那個刺青，門還差一點打到大江。她還來不及開口說話，大江已經將她的身體推向洗手間旁的小片牆，撥開她的頭髮，嘴巴壓住了羽珍剛塗上口紅的紅唇。

「請不要這樣，大江教授，請不要這樣。」羽珍雙手使力，極力想推開大江強壓過來的身體，但大江此刻就猶如巨石般，堅定矗立在那裡。他的嘴找到了甘泉，吸吮著女方柔軟的唇，感覺裡面會湧出源源不絕的露水。他用盡了全身的力道，抓住羽珍的身軀，不讓她有掙脫的空間，從地上撿到的刺青因爲汗水黏在他的手掌上，他把手掌慢慢移動到羽珍的背後，那個刺青被手掌的力量貼在她的背上。

這隻蟬鳴叫了起來，一隻雌蟬竟然可以唱歌，難道是大江的角色已經轉到那隻昆蟲身上，她聽到了四周都是蟬的叫聲，彷彿櫻花是在夏天盛開的，蟬聲有節奏地忽遠忽近，蟲體好像鑽進了她的身軀，一隻變形的雄蟬把她的身軀當成樹幹而棲息了。

雄蟬或許是大江的化身，鑽進羽珍的胸口，她的身體失去抗拒的力量，開始聞到大江的體味夾雜著汗味和屬於六十幾歲的男人的呼吸味道，那已不是年輕男人清新的呼吸，而是長時間壓抑下來沉到谷底後忽然被陽光照耀後的冷熱交雜的氣息，他找到了出口想要全然釋放，但氣息因爲悶住太久而帶著渾濁，顯然那是情緒過度壓抑的產物。

還有大江從額頭流下的汗珠也將頭髮上噴過的男性髮雕的味道一起夾帶過來，滑到嘴唇，羽珍嘗到此生未曾嘗過的一種味道，她無法用言語形容，只能任由那樣的滋味從自己的嘴唇送到感覺神經。隨著大江的唾液與羽珍的軟唇互動，她的身體彷彿也如那隻變形雌蟬般，長出了蜘蛛的腳，緊緊網住大江身體的網，這時，羽珍產生了前所未有的感覺。

被一個比自己大二十幾歲的男人擁抱，肉體突然生出了青春的驕傲，這個肉體可以被剝開、展示、炫耀，像個絕美的裸體雕像，讓眼前的異性伸出雙手撫摸，自己卻可以自在而掌握主導權。她喜悅於六十幾歲的男人是個俘虜，完全被青春的觸感迷惑。在年輕的男人面前，她被歸類爲熟女。此刻，她蛻變成十七歲的神祇，捕獲了信眾。還不止於此，有種動物性的聲音從她的腹部深處鳴唱出來。她的乳頭腫脹起來，那些聲音推開了乳頭原本關閉的窗，如今穿越了乳腺，悠揚的蟲鳴越過了障礙。

蟬的腳在她身上的血管蔓延開來，伸得越長，動物的本能也越加凸顯，她享受當下，如同每一隻在樹上歌唱的蟬，不在乎還能唱多久，只在乎當時是否盡情歌唱。「我只享受棲息，不占有樹幹」，「我如夏蟬狂歌，如蜘蛛前行，從不逗留」，這些詩句般的聲音也在這個狹小的空間圍繞。肉體變得愈青春，當下的喜悅愈強烈，原來老年男人的手和唇是青春的催化劑。

忽然間，蟬的歌聲太壯麗，竟引發某種出其不意的罪惡感，蟬聲鑽進毛細孔裡，竄進身體的血液，流遍全身，羽珍的耳朵聽見數百隻蟬同時在樹叢叫了起來，那些蟬飛出樹林，布滿她的身軀，她被蟬網團團圍住，快要變成繭了。因爲害怕被裹住，她用盡全身的力氣，想要驅走棲息在身上的蟬，這個動作打醒了大江，他的手從羽珍身上離開了，他手上的刺青還貼在羽珍的背上。他再度把手伸過去，想要把刺青撕下來，但摸不到那隻蟬的觸感。

兩人各自拉拉已經易位的衣服，把散亂的頭髮往上撥，倉皇地走下那座非常狹小的樓梯。他們擔心，如果不趕快下樓，那些想上樓的人無法上樓，雙方會卡在樓梯的中間。

大江剛才的勇敢已經消失無蹤，取而代之的是憂慮爬上了背脊。他無法遏止這個想法進駐到腦海，從樓上看下去，最下面的樓梯那裡沒有人。他鬆了口氣，但是接下來，感覺自己好像站在一個懸崖上，從上往下看的感覺和剛才從下往上爬的感覺截然不同。從這個角度望下去，樓梯如此陡峭，他輕微的懼高症發作起來，這時要走下去，開始有點舉步維艱。

他剛才所煥發的青春，從有些顫抖的雙腳溜走了。他舉起步伐要踏上階梯的姿勢如此緩慢，羽珍走在他的後面，看到的是一個六十幾歲的男人的背影，因爲必須稍微彎著腰，扶著樓梯才能一步一步越過陡峭的階梯，那的確是佝僂的身影。

大江走在階梯的前面，往下走著。羽珍緊隨著，落在她的視線裡的是他已經稀疏的頭髮，原先大江用剩下的頭髮往右撥過去，遮蓋住稀疏的部位，如今頭髮散亂歸回原位，光亮的頭皮部分露了出來。大江的膝蓋在邁向下個階梯時，發出了一兩聲骨骼摩擦的聲音，彷彿汽車少了機油而發出嘎嘎的不協調聲。或許怕滑倒，大江的右手緊握樓梯旁的木柱，像是個行事小心、想要穩踏每個台階的行者。

看到大江往下緩慢的身影，羽珍彷彿看見一個隨著歲月的階梯而下沉的背影，沉沒到一個湖裡，從腳底開始消失，一種不捨的心情從她的胸口湧出，和剛才從洗手間出來時大江臉上泛著光亮相比，現在的他彷彿夕陽落到山腳底了。

等到大江到了樓梯的最低點，他帶著喘息坐到離地板最近的一個台階上，他無法直接彎腰穿鞋，必須坐下來才能拿到鞋子。

這時，羽珍注意到她和大江的鞋子都被轉了九十度。剛才上樓時鞋頭是往樓梯的方向的，現在鞋頭對準了外面，也就是自己面對外面的方向。「多麼體貼啊」，羽珍想，應該是店裡的店員在他們上去洗手間時，幫他們換了鞋子的方向吧，好讓他們下來時，方便穿鞋。

「日本人這麼體貼，幫我們換了鞋子的方向啊。」

「是啊，幾乎每個店裡都是這樣的。」大江回答。然後，他湊過他的頭到羽珍的耳朵邊說：「感到不好意思呢！」帶著羞澀的神情。

羽珍無法在當下正確猜測這句話的意思，兩人走出了這家抹茶店。戶外的櫻花幾乎與天際線連結在一起，四月初的微風吹走了一些櫻花瓣，落在沿著哲學之道的小溪上。

好長的一段路，兩人都沒有交談，羽珍用眼睛的餘光，注意著大江的身影好像只變成了一道影子，在某個時刻，影子忽然說了話：「很抱歉，剛才可能讓妳受到驚嚇了……」影子發出的聲音夾在風聲裡，顯得有些顫抖和飄忽。

又走過一段路，羽珍感覺四周的櫻花彷彿都消失在視線裡，耳朵也聽不清楚外界的聲音，感覺大江眞的只剩下一道影子，跟在她的身後，和她自己的影子重疊了起來。大江站在右邊，繼續開口說了話，話語劃破寂靜，每一句話好像都放大了數十倍的音量：「多少年沒有這種感覺了，自從我的太太死後，我再也沒有正眼看過任何的異性。雖然研究做得很好，受到矚目，但天知道，我內在的河流已經逐漸枯乾，只剩下河岸的石頭，這些硬石，好像我的心，流不出淚水……」

眼前飛來了數瓣的櫻花，好像會發光似的，蛻變成夜裡的三兩隻螢火蟲，在她眼前搖晃。

「當去年妳第一次從台灣來和我們做學術交流時，妳在晚宴中說道，『生命中第一次看見櫻花的美豔，感覺一切稍縱即逝，對人對物都要特別用心珍惜』時，我用手巾偷偷擦掉眼角的淚水。」

大江揉揉眼睛，「坐一下吧！」路旁正好有個給行人坐的雙人椅，一對夫婦站了起來，位置空了出來。

他又拿起手巾，擦了眼睛，擤鼻涕。兩人沉默了數分鐘。

「大江教授，現在的櫻花很美，您好好欣賞，心情放輕鬆。剛才發生的事，就不要想太多了。」

「我不善於言詞，但是心裡很感激妳。」

「不要說什麼感激，我其實什麼也沒做。」

「妳想聽聽我的故事嗎？」

「好啊。」

「我最後一次陪太太看櫻花是在九年前，那次她堅持要我陪她一起看櫻花，雖然那時她因為身體疼痛已經幾乎無法走動，我是用輪椅推她出門的。每年她都和女兒兩人一起看櫻花，我因為研究很忙碌，櫻花季節總是錯過了，只能在回家的路上，從公車上看整排沿著鴨川的櫻花。」

「是的，我是該陪她一起看櫻花的，我的心裡充滿了愧疚，她與乳癌搏鬥了三年，看完櫻花沒多久就離開了。」大江又拿起手巾，擦他的眼角。羽珍從側面看，發現他眼裡的血絲。

「那天，她握著我的手，告訴我一件我從不知道的祕密。『裕子在她三歲那年診斷出是自閉症患者。我一直沒有告訴你，怕影響到你的心情。不過她語言能力發展正常，雖然與一般小孩在社交行爲上有些差異，畢竟都克服了種種困難。』然後，她停頓了大約幾分鐘，突然反握我搭在輪椅上的手，說：『今後就要請你照顧她了。也幫助她找到可以依賴的男人。』

「太太的手掌濕冷，好像說這些話前很緊張。其實，我那時好想哭，因爲研究的關係，我很少與我的太太與女兒談話，等到我想要多說些話時，已經沒有多少時間了。

「裕子在母親死後，整天關在門裡面。這麼多年來，她總是用眼睛看著我，很少與我說話。有一年她主動邀請我和她一起去哲學之道看櫻花，一路上我們沒有對話，她只在中途說了一句話：『你從不了解媽媽，因此她得了病。媽媽和櫻花一起飄落了。』」

大江又拿出了手巾，這一次他的手巾整片都濕了。

「啊，大江教授，今天天氣這麼好，想想愉快的事，好嗎？」

「所以，當去年妳說出對櫻花的感想時，我想妳是了解我的。我從妳的臉龐，重新看見了櫻花花瓣上的笑容。」

「謝謝您對我這麼看重，其實，如此接近您這樣知名的教授，您又請我來看櫻花，我眞心感謝您。」

大江伸出兩手，握住羽珍的手，她的手本能縮了回去，掙脫開來：「很抱歉，我無法……」

「兩人一起看櫻花眞是很幸福呢。」大江用言語又斷了羽珍的話。

「無論如何，嘴角能揚起，就能看見笑容。不是嗎？記得回去後，再約您的女兒明天出來看櫻花啊。」羽珍回答。

「是啊，現在每年都邀她出來看櫻花，去年，她說了一句話：『媽媽在天空看見我們了。』」大江說著，眼前最近的一株櫻花搖曳，午後的陽光把花的顏色洗刷得透明，有些粉白色的花瓣飛到羽珍面前。

「對了，妳的小孩多大了？一直想問妳。」

「一個國中二年級，一個小學四年級，都很頑皮呢！這次要出來看櫻花，還得請母親從台灣南部來幫忙照顧孩子。母親竟說出『妳很任性，櫻花比孩子重要』的話。我回答她：『生命中能好好站在櫻花樹下，仰望櫻花樹的機會不多。』」

羽珍站起來，「走，我們去站在櫻花樹下，我要再次享受被櫻花樹包圍的感覺。」

兩人往人潮的地方擠進去，才能站在櫻花樹下。哲學之道數公里的人潮，一直蔓延到終點的南禪寺。

這時，夕照停留在南禪寺的入口，那裡的鐘聲響起。已經午後五點，所有的寺廟參觀活動停止。

「這是給妳的小禮物。妳回去再打開來看。」羽珍從大江手上接過這個禮物，「眞的很感謝您！」她和日本女性一樣，溫柔鞠躬，面帶微笑。兩人一起走到附近的地下鐵東山站，電車很快來到，羽珍上了車，大江不斷用力揮手，或許是從車窗的玻璃反射的錯覺，羽珍感覺大江的眼眶裡充滿了淚水，身影隨著電車發動消失在視線裡。

望向車窗外，大江已成爲夜幕低垂中的一個小黑點，她仍記掛著前田雅治的電子郵件，拿出手機，他的名字出現，他終於捎來簡短的回覆，她逐字小心讀著，在電車中，幾個字句特別和電車一起晃動：

……很遺憾地，無法在妳停留日本的期間與妳見面。近半年來我的妹妹一直在生病，目前病情已經檢驗出來，醫生通知我一個相當不好的消息……

不知是因爲電車搖晃，還是心理反應，羽珍發覺自己的手顫抖起來，她把手機滑到自己一個星期前寫給前田的電子郵件：

……距離上次與你們學術交流，又過了一年，不知道你的一切都好嗎？去年我第一次看到滿開的櫻花，想到父親曾告訴過我：「櫻花飄落時，也要甘願。」我打算再到京都，希望能再與你見個面。

羽珍腦中閃過前田的臉龐，雖然才見過一次面，那張四十歲出頭的臉彷彿已經熟悉很長的時日了，想要與他單獨看櫻花的心情一直在心中醞釀著。

此時，她不知道身在何處，在「四条」那站電車擁進了人潮，她的身體被夾在人群裡，她看了站名才知道自己已經錯過了要下車的站了。她沒有趕緊下車，頭腦無法思考，兩腳也快要有些站不穩。這時，後面有人拍拍她的肩膀，小聲說：「對不起，妳頭髮後面黏到了一個刺青貼紙，快要掉下來了。」

那聲音猶如寺廟的鐘聲，她忽然清醒過來，回頭對著那個二十出頭的男性說：「非常謝謝你，可不可以請你幫我把刺青拿下來。」男生交給她那個刺青，四個角都已經磨損，好像是一個老舊的貼紙，不經意黏在她的頭髮上。

那是下午的那隻雌蟬，顏色與形狀都顯現磨損的痕跡，有種奄奄一息的氣息。羽珍握在手裡，彷彿感到那隻昆蟲肢體的掙扎，兩隻腳往內縮，身體被壓扁而發不出聲音。

到達京都車站後，四分之三的乘客都下車了。其餘乘客往最後的兩站前進。羽珍坐了下來，把那隻蟬放進了她的皮包，夾在兩張用過的地鐵優待票之間。

她想起大江的禮物，打開來看，漂亮的包裝盒裡面有各式各樣的刺青貼紙，包括玫瑰、蝴蝶、龍、蜘蛛、蛇等的常見刺青，也有蟋蟀、老鷹、蜜蜂、向日葵等不常見的刺青，裡面夾了一封信，寫著：

羽珍，不知道妳在什麼時候會打開這個禮物，希望這些刺青，能在不同的時刻，貼在妳身上不同的部位，相信妳會感到自己貼上不同的刺青時，就會擁有新的角色，生命的美像每年的櫻花這麼短暫，請試著讓自己放鬆一

些——大江貴之

羽珍吸了口氣，她又快速看了裡面的刺青貼紙種類，發現還有另外一隻蟬，這隻蟬比之前的那隻大些，顏色接近墨綠色，肢體閃閃發亮，有種即將躍上樹梢的動感，彷彿下一刻就開始唱歌了。她特別把這隻蟬放在手上，想感受自己有什麼樣的感覺。

手機嗶了一聲，是大女兒送來的簡訊：「櫻花滿開與凋謝，都盡在妳的眼眶裡。」後面還附上一個笑臉符號。羽珍很快回了一個笑臉符號，一不小心，這隻刺青用的蟬又從手上滑落了下去。這次，她想等到地下鐵的終點站時，優雅地站起來，腳步踏穩後，從地上重新撿起那隻昆蟲。

奇幻十分鐘

1

月鈴從橫濱搭地下鐵到新宿，終於找到位於東京都廳西邊的大展覽場，那裡有個爲期一星期的機器人大展。大展覽場共有五個出入口，她進入的地方正好在東邊，人潮快速進出，好幾次她的肩膀被旁邊的路人擦過，幾乎無法站穩。突然間，有人用極高的聲量呼喊她的名字：「月鈴」。

她朝聲音的地方看去，卻看不到任何認識的人，只有一個年輕俊帥的男人朝她的方向過來。她不認識他，愣在那裡。

「是我，阿健！好久不見了。」

「阿健？」月鈴從腦裡搜尋名字與臉孔的搭配，但完全找不到任何線索。

「那個六年前，和妳一起在橫濱的便利商店打工的阿健。」

「喔，是那個阿健？」她已經回想出他的聲音，但他的臉孔產生了變化，她完全無法辨識出他。

「這麼巧，我偷偷出來透個空氣，沒想到會看見妳。」

「你看起來和以前完全不一樣，到底怎麼一回事？」

「有空再告訴妳，我現在在展覽場擔任臨時工作人員，賺點零用錢，再一年就畢業了，到時再看看要不要回台灣。來，我帶妳去體驗一個好玩的區域。」

眼前這個人到底是不是阿健，月鈴的心中仍有懷疑，但是他叫得出她的名字，聲音也沒有問題，於是她有些疑惑地跟著他走著，直到眼前有個牌子吸引她的注意，上面寫著：「療癒機器愛人與奇幻十分鐘體驗館」，門口站著棒球英雄王貞治，對著大家微笑。

「這個人形機器人，我們把他看成王貞治的分身，製作機器人的江島企業的大老闆最喜歡王貞治了，因爲王貞治可以看見棒球飛來的刹那，瞬間在他眼前停格的畫面。那是江島老闆追求的機器人精神與價值：鷹眼般的精準。」阿健侃侃說著王貞治人形機器人的理由。月鈴看著那尊機器人，與眞的王貞治幾乎完全相像，眼睛還會眨眼。

這時，拿著擴音器的解說員巨大的聲音打斷了他們的對話。「各位朋友，爲了方便與加速體驗活動的進行，現在讓我向你們解說本展示館的作用。療癒機器人是我們目前推出的新產品，屬於『感性機器人』部門的一個產品。這個部門利用以假亂眞的人形機器人技術，改良製造了數十個具有明星外型的人形機器人，你也可稱之爲『類人機器人』。爲了挖掘人形機器人與眞人之間各種可能的情感交流，爲了想突破機器人技術上的情感極限，這是『感性機器人』的終極探索。」解說員的聲音因爲過度用力變得有些沙啞。

「花十分鐘專注凝視機器人的眼睛，我們稱之爲『奇幻十分鐘』。專注的凝視會加深腦內愛情區塊的活躍，產生『映射效應』，此效應在十分鐘達到最高點，它會像滾雪球般堆疊，激盪你無法想像的視覺高潮。」解說員繼續用嘶吼的聲音透過擴音器說話。

阿健藉著工作人員的優勢，從排隊人潮將月鈴引進到一個客廳式的房間裡，每個人根據他們的性別被帶入一個不同的房間去體驗。

「請妳選一張妳最喜歡的臉孔！」引導人員拿出四張男人的相片展示在月鈴眼前，上面除了編號，還用日本的電影明星的名字標示類別：木本信聰類、田村拓哉類、福山雅明類、渡邊飛星類。

「我們將明星的臉型做些微調，達到『極致美』的境界。例如，渡邊飛星類的臉比眞正的渡邊飛星的臉型更圓一點，可以柔化原來的陽剛。」

「四種絕美的臉孔如何還能比較？」月鈴的眼光穿梭在照片中的五官之間，

十分鐘過後，眼前瞬間閃過渡邊在電影《星空下的閃光》裡，凝視小女孩的神情和他超乎常人的大眼睛，於是月鈴在「渡邊飛星類」上面點下選擇。

兩分鐘後，一個人形機器人坐在黑色椅子上被推了出來，那是渡邊，嘴角上揚，黑眼珠射出光芒，連瞳孔都熠熠發亮。月鈴驚叫：「怎麼可能！」

「深吸一口氣！兩分鐘後，請你們開始以眼神溝通，彼此不要交談，眨眼可以，但盡可能專注看著對方，用『一期一會』的凝視方式，想像著這是你們今生唯一的相逢。十分鐘後，我們會喊停。那時，你就可以移開視線了。」說完，解說人員在月鈴頭上的不同部位放了電子感測器，可以探測接下來的腦波活動。

月鈴才吸了口氣，彼此凝視的計時已經開始，坐在對面的渡邊張著雙眼皮的大眼睛，眼角的光芒穿越距離，向她這邊射來，大約一分鐘過後，她和緩的呼吸逐漸轉爲急迫，要再正眼凝視渡邊像爬坡般越來越困難費力，數度必須藉由眼神飄移獲得喘息。渡邊的眼神不會飄忽，她的赤裸羞恥感蜂擁而至，從小到大，她只能暗中偷看類似這樣的臉龐，害怕看得太認眞會被對方的靈魂吸走。

就是一分鐘的時間，恐懼的自憐情緒幾乎穿越想像的縫隙，趁虛而入了。她壓住情緒，回神再度定住視線，想像這是生命僅有的一次凝視，只要努力看著眼前的男人眼睛就夠了。

每隔一陣子，渡邊有節奏地眨眼，慢慢和月鈴的眨眼同步了，有幾次她的思緒突然被閃過的往事拉住，眼眶隱藏了尚未滴出的淚水，對方好像察覺到她的心思，眼睛也泌流濕潤的淚光。怎麼可能，機器人怎麼可能含著淚水，泛出淚光？

熱淚從小波浪一直擴大蔓延，月鈴用手帕擦去眼眶沾上的淚水，腦內似乎分泌了某種化學物質，渡邊好像也察覺她的改變，點頭回應。而後，流淚過後強烈的寧靜感掃掉所有的恐懼與疑慮，月鈴完全忘掉六個月來盤據在內心的失戀痛苦，開始再度凝視對方那雙眼睛。

導覽人員出現了，十分鐘過去了，這個體驗結束了，這一刻，機器人突然緩緩張開嘴巴說話：「謝謝妳，妳很美！」月鈴注意到他的嘴唇上下移動了數下。

走出這個展示區，像吸食上癮毒品或性愛後，想要再一次重複那些感官體驗般，月鈴腦內充滿了想要重溫「奇幻十分鐘」的渴望。她的腳步無法繼續前進。在出口處，她等著阿健出來，「『奇幻十分鐘』好像吸食安非他命啊。我想要看看能否再體驗一次。」

阿健很興奮地出來見月鈴。

「覺得過程很難忘，想再重新體會幾次。」月鈴知道自己無法把渴望具體描述出來。

「我迫不及待想告訴妳剛才發生的事。分析師從妳的腦波分析妳的『奇幻十分鐘』，結果震撼到我們！十分鐘內，妳的腦波從一開始的極度悲傷，逐漸轉化爲腦內快樂中心的極致反應，最後我們發現了幾乎高達三次的『類高潮』反應，而且超越了一般喜悅所達到的層次……」阿健的眼睛盯著月鈴的眼睛，她的兩頰瞬間熱了起來。

「如果這樣的經驗，持續發生在其他的人身上，未來公司可以正式將這些人形機器人上市，變成人類日常生活中，可以提供療癒的對象。」

兩頰的熱氣一直蔓延到月鈴的雙耳，浮動的情緒讓她莫名緊張起來：「那麼……你們的人形機器人眞的會注視人嗎？」她問。

「背後都有一個眞人在另一端的電腦前操作網路，利用同步特殊技術，使得眞人的語言和動作能與機器人達到最佳的一致性。」

「啊，與我凝視的渡邊人形機器人背後其實是有個眞人在與我互相凝視！那個人是你嗎？」

阿健猶豫了一下，沒有回答。

「如果妳眞的很想再多體驗那樣的經驗，我倒是想到一個方法，不知道妳感不感興趣，那就是妳來這裡義務幫忙三個小時，我們很需要人手，妳可以是那個操作人形機器人背後的眞人，可以與各式各樣的人互相凝視。」阿健說。

「不過，我不太知道如何操作電腦程式啊！」

「半小時就學會了，到時候妳只需要遵照指示去做就可以了。」

月鈴很快答應了，這個機會幾乎是求之不得的結果，況且她過去還報導過幾次關於機器人的新聞。之後，阿健帶她到一個密閉的房間，裡面有一台電腦，從螢幕上她可以看到遠端的人形機器人。「透過網路，模擬系統會將指令送至遠端的機器人，機器人那端會透過視覺與力覺感應器測量周遭互動的空間與力量的變化，再傳回場景模擬系統，並更新或修正原來的虛擬場景，完美的兩方一致性終於可以達到目標。」阿健用很容易懂的語言向她說明。

月鈴戴上可以接收語言和動作訊號的耳機型接受器後，逐漸從電腦螢幕中看到那個與她連結的機器人的呼應動作。半小時後，彼此越來越同步後，月鈴完全不敢相信在這麼短的時間內，已擁有了自己的分身。

她名字叫做「松島小菜子」，也是以電影明星的臉去製作的人形機器人。月鈴想到這個電影明星是山田貴志最欣賞的影星之一，山田擁有極佳的外型條件，也常常宣稱自己是個喜愛美女的男人。

「本來，公司在製作人形機器人時，就是讓人形機器人的長相與在電腦前操作網路的人長得很像。不過，隨著時間變化，還是需要不同長相的眞人來操作，人形機器人的應用才會更爲廣泛。」阿健再度向月鈴說明。

於是月鈴開始扮演松島小菜子的角色，與來體驗「靈魂機器愛人」的各種長相的男人互相凝視。的確，每一次凝視的時間都過得相當快速，望著不遠處的對方眼睛，圓形橢圓形尖長形有不同神韻，眼珠有的容易定住，有些滑溜滾轉。有些透露心事，有些小心隱藏祕密。情緒的流露更是隨著時間前進更迭翻轉，不過他們都能在短時間內回應月鈴的眼神。一次又一次，月鈴的「奇幻十分鐘」胃口滿足過後，她又開始飢渴於下一次的到來，彷彿吸食了容易上癮的毒品或是品嘗了完美性愛的快感後，必須經由一次又一次的重複那些短暫即逝的美好才能止住永恆的飢餓感。

接下來，一個神似山田貴志的人竟然進入了體驗區，坐在她的分身松島小菜子前，等著與她凝視。只是，整個事情來得太突然，以至於她幾乎沒有任何心理準備，也不知道如何與他對看。「如果是他，怎麼可能來到這個展覽場上？」月鈴感覺眼皮的神經不自主跳動起來。

然而，時間不允許她猶豫，十分鐘的計時已經開始，體驗的人數越來越多，進行的速度也越來越快，幾乎是一個人出去一個人進來。雖然感覺躲藏在人形機器人後面，她仍然無法像沒發生過任何事一樣將眼神定住在他身上。

先前與別人凝視的感覺徹底消失了，取而代之的是深層的恐懼，冰冷爬上脊梁。那張戴著眼鏡的面容，粗獷中帶著溫文氣息的輪廓，男人中少見的向上翹的眼尾，粗黑的眉毛，長形的鼻子配合長形的臉，這張臉如此熟悉又陌生。她的眼淚開始快速滑落，甚至可以感覺到巨大顆粒的淚珠墜落時擊地的聲音。

淚水彷彿清洗了眼睛，視線明亮起來。多看了一眼後，他的神韻不是山田，啊，鼻子邊也沒有小痣。

這時，那端發生了完全意料外的狀況。那人將那尊坐在椅子上的松島小菜子推倒，憤怒地用力嘶吼：「誰說這些機器人具有情緒上的療效？眼神那麼悲傷，本來我是來體驗快樂的，卻變成了墜落到憂鬱的深谷裡！」

沙啞的聲音不是山田渾厚的嗓音，「啊，那人不是山田！」月鈴從情緒中恢復知覺。阿健和負責人應該都聽到這些話，在很短的時間內進到房間裡，「對不起，我們完全沒有預料到這樣的事情會發生，之後我們會查出原因。」阿健說話的語氣非常誠懇。

「那你們不應該發出錯誤的訊息，誤導參觀的民眾！還用『療癒機器愛人』這樣欺騙人的名稱！」那人的語調越拉越高，月鈴想到山田以前溫文儒雅的樣子，眼前這個人不是他。

阿健帶他離開了。體驗區暫時沒有新的人進來。二十分鐘後，阿健回來了。

「好奇怪的一個人！外表那麼出眾，行爲卻極爲詭異，走出展覽館還對其他等著排隊進來的人說：『不要進去了，裡面都是假東西！』引起了一陣疑慮。」

「對不起，我沒想到事情會變成這樣。」說完，月鈴的淚腺再度潰堤，完全不受理智約束。

「啊，不好意思，沒想到妳對這件事情這麼難過，這不是妳的錯，人形機器人有時或許也會有自己的情緒，誰知道不是那個男人與妳所扮演的機器人產生心電感應，才會讓人形機器人的眼睛看起來那麼悲傷。」

「那，我們還要繼續別人的體驗嗎？」

「剛才工作人員來通報，松島小菜子被推倒後，有疑似『輕微腦震盪』的現象。也就是她接受外界環境訊息的線路有了問題，今天恐怕無法再執行任務了，我們修修看，明天再說。反正今天的體驗時間也快結束了。」

阿健看看錶，繼續說：「晚上有要去哪裡嗎？沒事的話，我帶妳去橫濱最熱鬧地區的一家特色餐廳，放鬆一下。」

「好啊，也好，放鬆一下。」

2

第一道菜送來，剎那間，阿健專注地看著月鈴，眼裡快速閃過憂傷，那種眼神似曾相識，她想起那彷彿是她與渡邊機器人對看時，在某個時刻的瞬間感覺，她當時無法確定是她的悲傷傳給對方，還是對方自己送來那種眼神。

「感覺你就是渡邊機器人後面操控網路的眞人……」

阿健沒有回答。

「我從橫濱離開後，你一切都好嗎？」

阿健猶豫了一下。「妳突然辭職消失後，我其實……其實傷心了一段時間。妳知道妳突然消失，以我當時的年紀，根本不知道如何處理那樣的事。有一次還在打工店突然暈眩，被送去急診。」

「很對不起，我們的年紀差了八歲，我當時到日本的目的是念研究所，我以爲那只是短暫的一段邂逅。」

「現在回想，因爲那是生命的『初體驗』。」阿健說著，眼睛和日本的卡通與漫畫中的男主角一樣，裡面有幾點深藏的星光。

月鈴沉默了幾分鐘。「後來還繼續租那個一坪大的公寓嗎？」

「又住了一年，之後考上了東京工業大學，搬走了。對了，都沒告訴妳，我主修機器人工程，大家都說機器人的技術發展是日本的大希望，我覺得……。」

「還發生了一件大事與妳有關。」

「哦，與我有關？眞的？」

阿健沒有直接回應，手上的筷子插入看起來可口的白飯中。

兩年前的暑假，阿健又回到那家便利商店短期打工。某一天，一個年輕女孩走進那家打工的商店，「她長得和月鈴好像，簡直是複製品。」阿健閃過這樣的念頭。女孩買了東西後走出去，阿健追了出去，拍了她的後背，她一回頭，「對不起，我認錯了人！」女孩看了阿健一眼，笑了笑。

女孩開始每天到那家便利商店買東西，都沒開口說話。直到有一天，她到櫃檯問：「《星光內幕雜誌》還有嗎？架上沒有了。」

「啊，對不起，剛出架就賣完了，這期是關於渡邊飛星的專訪報導，大家都在搶購。」那時阿健看到她非常失望的表情。

阿健突然想到，那天早上在上架各種新雜誌時，有本雜誌的封面有磨損，那時先把那本雜誌特別抽了出來，放在倉庫裡。他想，有三十分之一的機率會是《星光內幕雜誌》，他請那個女孩在櫃檯等待，然後用最快的速度跑到倉庫，在儲藏室裡面找了三十分鐘，終於發現那本被壓在一個大型箱子下的雜誌。打開雜誌，一頁一頁很快翻著，在有點幽暗的燈光下，「封面特別報導」的字眼竟然晃動起來。他好像找到遺失的寶物般，看見渡邊飛星的巨型照塡滿了那一頁，驚呼了一聲，打算趕緊闔起那本雜誌，拿到櫃檯給她。但那本雜誌竟然往前推進了兩頁，那裡有一張很大的照片，下面寫著：「渡邊與粉絲們的合影。」

本來，阿健沒有太在意這張合影，準備要把雜誌闔起來，因爲那個女生已經等了許久。他多看了那一頁一眼。

結果，看到那個女生與渡邊合照，當視線繼續往下，看到下面的文字：

渡邊飛星的影友會上，每個粉絲都獻上他們心中最夢幻的祕密。在那麼多的粉絲中，中島夏生有股衝破粉絲氣質的勇氣，在送上她的盒子時，要求在渡邊的耳邊說上一句悄悄話，成爲他對她的回禮。記者問說盒子裡面藏著什麼？中島只是笑著不答。

阿健趕緊回到櫃檯，她已經離開了，其他的工作人員交給他一張紙條，上面寫著：「時間寶貴，我必須到別家趕緊找尋那本雜誌。」

那天以後，阿健有種想再看到那個女孩的渴望，但她一直沒再出現。在暑假結束的前一天，阿健以爲大概就是這樣了，隔天就要離開橫濱，繼續回東京念書了。但她卻出其不意地出現在便利商店的轉角處，等著他經過。「呵，我終於找到那本雜誌了。」她說。

他們往前走了一小段路，她的聲音聽起來很低沉：「你知道嗎？粉絲通常需要無比的毅力，隨時追隨著心中的偶像，不能吃醋，也不能倦怠，但我發現自己越來越無法做到這些了，我有時幻想渡邊只屬於我一個人，我想占有他，無法獨占他的感覺讓我有強烈的失落感，我開始倦怠了，那天，我瘋狂地想買到那本雜誌，但眞的買到後，快感很快消失了。他和粉絲的合照中，我不是最重要的。」

「怎麼說？」阿健問。

「我站到渡邊的右邊，但媒體卻只報站在左邊的粉絲，因爲她的家世很好，父親是國會議員。」

阿健回應說：「所以，與渡邊交換悄悄話的人不是妳？」

「喔，你也看了那本雜誌。」

女孩繼續說：「我急著找那本雜誌主要也是要看媒體如何報導粉絲這部分。你知道嗎？與粉絲會面那天我做的事比中島夏生還瘋狂呢，不過雜誌上一個字也沒寫。」

「妳做了什麼？」阿健非常好奇想知道。

「很瘋狂，把長髮剪掉，編成一顆心。」

那一刻，一個非常瘋狂的想法跳入阿健的腦海。

「我想到一個可能比妳所做的瘋狂事還要更瘋狂的粉絲行爲。妳想要知道嗎？如果能做到粉絲的極致，說不定那是唯一能解開妳作爲一個粉絲永遠不滿足的疾病。妳想嘗試看看嗎？」女孩的眼神閃現了驚訝，點了點頭。

阿健繼續說：「現代科技非常發達，許多大型的機器人公司開始在製造『人形機器人』。我念的科系的實驗室正在從事一個大型的計畫研究，名稱是：『與機器人談情說愛的路上』，因此也製造了幾具和明星長得很像的機器人提供租借。這些機器人的硬體軀殼都固定好了，但臉孔可以隨著人的需要改裝，因爲臉是最具彈性的部分。如果妳願意的話，嗯，我幫妳租個機器人，臉孔製成渡邊，然後讓我操作那個機器人，妳就把我和機器人的合體當成是渡邊。」

阿健繼續補充：「眞人與機器人的合體可以爲妳唱歌、朗誦愛的詩歌，還可以說些妳想要聽的話，一切都可以擬眞。不過，因爲是科學實驗，我們的一舉一動都會被錄影下來，作爲逐步改進機器性能的基礎。而且必須簽個合約，除了透過機器人對話外，我們私底下不能見面，或有任何的個人對話。」

女孩張大眼睛，點了點頭。渡邊人形機器人送到她的住處後，阿健在他的辦公室設置了一間操控室控制渡邊的一切，藉由另一端的他與她談各種話題。

阿健逐漸了解她的教育背景，知道她在藝術大學主修漫畫，知道她的名字是京子。有一天，他們一開始對話，京子說：「我想畫一部與機器人故事相關的漫畫。」

「好啊，我能幫上什麼忙嗎？」

她停了一會，忽然說：「我想與機器人接吻。」

阿健的實驗室那邊的主持人非常興奮，他們就在等著記錄這一天，也就是什麼時候，人類會想與機器人有更進一步的情感關係。而這一共等了四個月。爲了讓京子進一步了解接吻的科技，阿健耐心地說明技術層次的細節：「實驗室使用目前技術上最接近皮膚質感的某種矽膠模擬嘴唇上的皮膚，並把渡邊演過的二十幾部電影中的接吻鏡頭全部擷取下來，用電腦精密算出渡邊在接吻時頭部旋轉的速度與角度，模擬出嘴唇變化與臉部表情兩者的互動。當妳真正與渡邊機器人接吻時，電腦就會開啓軟體程式，以渡邊的相關數據操縱並送出指令給機器人，到時候，機器人就會如渡邊的動作般移動嘴唇。」

「再告訴妳一個科技機密。實驗室那邊爲了讓接吻的技術完全可以突破，他們事先收集了我的唾液，將我的唾液加上某種天然的草本成分，之後唾液會蛻變，帶著甘甜，在接吻時這種成分藏在矽膠的某個地方，一旦兩片唇接觸後，甘甜的唾液會從矽膠的毛細孔中釋放出來，到時候接吻會讓妳有飛上天的美妙滋味。」

「還有還有，實驗室那邊竟然花了一個月的時間，製作了以我的舌頭和口腔形狀爲模擬對象的模型，置入了機器人的口腔裡。也就是說，這個機器人眞的是我與渡邊的合體，渡邊的外型加上我的舌頭與口腔，眞的很炫。」

那一刻終於來到，京子緩緩張開她的唇，趨身越來越靠近渡邊機器人，兩片唇在瞬間碰觸，女孩閉上眼睛，冰冷的唇逐漸升高溫度，渡邊唇上所加裝的感應器將女孩的力道換成數據，送至阿健在控制室裡的一座矽膠製唇瓣，阿健感覺對方的唇眞的貼到嘴邊，由於不是實際接觸到眞人，他讓自己能放開去盡情享受。

阿健沉溺在自己的回憶裡。許多感情的事很難對另一個異性訴說，尤其是自己曾經瘋狂迷戀過的異性。阿健選擇性地擷取故事的片段，緩慢讓月鈴了解兩人分開後生命部分的拼貼。

「對於我而言，這是虛擬接吻，但對那個女孩而言，那是眞眞實實的接觸。」

「這次的接吻，持續了二十分鐘，我整個人暈眩了。」阿健右手劃過額頭，頭微微後仰。

月鈴專注看著阿健說話的神情，他的聲調很有節奏，手勢經常配合說話的內容，過去阿健的聲音與肢體語言熟悉地回到現場，但他的聲音從一張變化過後的臉龐流出，虛實之間的交錯瀰漫在兩人對話的空氣裡，有時陌生的突兀感會躍入月鈴的思緒裡。

「你該不會愛上她了吧？」月鈴問。

「你聽我說，這是實驗，在實驗中你必須把自己完全投入其中，才能得到接近事實的數據。」

阿健的語氣堅定，月鈴想起，當年就是看到阿健對每件事都過於執著，很怕他對自己陷得太深，那是月鈴選擇離開他的其中一個理由。

「實驗室那邊每天記錄著女孩和我的情緒和感覺，在長期的追蹤中，可以看出需求的改變。那一天還是會到來，她終於說出：『我想和渡邊機器人下半身接觸。』她說得很含蓄，但我們知道她的意思。」

「可能她會失望了。」

「你知道嗎，實驗室那邊竟然來找我，問我願不願意提供我下半身的那個部分的數據，如同我提供我口腔內的各種資訊那樣，但是，我拒絕了。」

「我不願意我的那方面的資訊變成了機器人的一部分，我覺得那是我個人最私密的部分，完全屬於我個人所有，我不願意與機器人分享。我沒想到這樣的執著，卻造成了一個意外。」

阿健停了下來，沒有繼續說下去，眼裡彷彿有一顆淚珠一直留在眼眶裡，產生一種光點閃爍的錯覺。月鈴眨眨眼，想確認那是否只是桌巾的小圓點反射到他的整個臉龐。

3

沿著這條餐廳大街，一直走著，穿過了許多裝潢具有特色的餐廳，在一個轉角處，他們轉了個彎，燈光閃爍的港灣瞬間在眼前開展，橫濱的海風吹散了月鈴的頭髮。路邊有些座椅，可以直接對著海港，看見停泊在港裡的船隻。

「要坐下來嗎？」月鈴問。

「好啊，這裡的天空很清朗。對了，談了這麼久，都只顧說自己的事。失去聯絡後，妳都做些什麼？」

月鈴看著星空，那些星星彷彿近處吊燈上的垂飾。更遠的船裡面的微光，搖搖晃晃，如今看起來猶如夏夜裡的螢火蟲，月鈴腦裡浮現了一首 Robert Frost 的詩，那是她在大學的文學讀法選修課中讀到的一首短詩，她很快就背下來了：

花園裡的螢火蟲

在這裡真正的星星布滿天空

地上來了模仿的螢火蟲
雖然他們的大小從不等同
（而且在內心裡也絕非真正的星星）
有時完成了星星似的開始
只是，當然，他們無法維持這個角色

「在想什麼？」
「只是一些聯想。」
「其實，體驗你們展覽館的療癒機器人時，才知道自己還沒有從失戀中走出來。」
「喔，」阿健發出了極微小的聲音。
「在日本念完研究所後，回到台灣的一家報社擔任記者，跑科技與社會那方面的新聞。這方面的記者很少，我被派去報導各種科技新聞。」
一年前，日本發生了真人與機器人集體結婚事件。共一百對各式各樣的配對，有的真人是單親父母親，他們的機器人伴侶以他們因疾病或事故死亡的配偶的面容製成。也有未婚的真人以他們渴望的外型，與想像中的理想機器人配對。當結婚交響樂響起，一對一對的新人，穿著西式結婚禮服，以比一般人慢的腳步，緩緩走出，有時機器人步履有些不穩，但仍持續踏出雙腳。

掌聲環繞大廳，全世界的記者湧入這個大禮堂，爭相報導這歷史性的一刻。

「妳好，初次見面，請多關照。」山田貴志站在月鈴的旁邊，友善地打了招呼。

證婚結束，真人與機器人以接吻作爲彼此交換誓言的儀式。然而，接吻的時間超過預期，本來大家以爲嘴唇接觸過後整個儀式就結束了，但有一對真人與機器人仍然保持接吻的姿勢，身體並未移動。他們的一舉一動透過超大電視牆被放大與展示出來。

記者區與觀眾區這邊開始出現騷動。

「這是今天最大的意外。」山田靠過來對著月鈴說。

「劃時代的革命，從此人類的身體經驗必須重新改寫。很好奇與機器人接吻的感覺與真人有何不同？」月鈴回應。

月鈴等著山田的回答，但他只回以一個微笑。

山田每隔一段時間就看自己的錶，一直關心著接吻持續的時間。

「又多了五分鐘的紀錄！」山田放大自己的眼睛，想逗月鈴笑出來。

「你很活潑，不像是一般的日本人。」兩人在等待的空檔，順便交換了名片。月鈴看到名片上的名字是山田貴志。

「啊，妳是台灣來的！我有八分之一的台灣血統。外婆在台灣出生，一直到她念高中才回到日本。聽她說過許多關於台灣的回憶。」這層關係好像瞬間拉近了兩人的距離，接下來每隔五分鐘山田都以眼睛的大小變化向月鈴表示他對機器人能接吻的驚奇。

等到接吻持續到第十六分鐘時，那個新郎仍緊抱著機器人新娘，兩人像是黏合般無法分開。這時，旁邊圍觀群眾的喧囂逐漸擴大，原本排列整齊站在婚禮周圍的記者區和觀眾區的群眾彼此不斷交頭接耳，整個大廳的秩序頓時混亂起來。終於有人不知從哪裡拿來了擴音器大喊：「可能有意外發生！新郎可能被機器人新娘夾住了！」

站在婚禮大廳的其他每對眞人與機器人仍彼此看著對方，好像無視於場內正在擴散的失序。突然間，一群佩帶工作證的人員進到會場，衝到那對繼續接吻的雙方，分成兩邊，用力將新郎與機器人新娘分開，在強力的施力下，兩方身體的距離終於逐漸拉開。

原本大家應該可以鬆了一口氣的，可是透過電視牆，螢幕上清楚看見被拉開的眞人大聲哭泣，這個成年男人在眾人面前完全失去了控制，大聲吼叫：「爲何拉開我們？我不要和她分開！」

隔天，這則轟動的新聞被日本與台灣許多媒體以頭條報導的方式報導出來。台灣這邊的標題是：

在眞人與機器人的世紀集體婚禮中悲傷哭泣：三浦友明的新世界

一年前的婚禮前三天　女友意外車禍去世　機器人伴侶以女友外型製作

三浦友明與機器人伴侶　深情馬拉松接吻　被眾人強力拉開中止

山田與月鈴彼此交換了他們的報導內容，也開啓了他們互相以電子郵件通信的契機。三個月後，月鈴再度被派到日本採訪關於機器人最新發展的消息。山田與她約在六本木的一家酒吧餐廳。

「這家餐廳，最近才開幕，裡面有一個機器人女服務生，吸引了許多觀光客，我帶妳體驗一下新鮮的事。」

圓形水晶燈散出絢爛的舞蹈燈光，迴繞整個酒吧，在半黑暗中，來賓的臉一閃一爍，酒精的味道在杯觥交錯中，到處瀰漫著浮躁。山田湊過臉來，啤酒味從他的呼吸裡傳過來，他說：「待會那個機器人女服務生會跳舞。」

騷莎的樂音滑開，全場的人歡樂地擺動身體，接著一個非常美麗的年輕女性穿一身緊身衣，開始在舞池中移動身體。山田靠過來說：「注意看她的動作！」

那時，月鈴注意到酒吧桌上放了一瓶玫瑰，其中一朵紫色帶著斑點的玫瑰吸引她的注意。山田看到她的表情，說：「和跳舞的女人身上的衣服的圖案一樣。」果然，舞池裡的女人身上的紫色衣服在閃爍的燈光下，帶著一塊一塊的斑點，有時又像是紫色的豹紋，穿在她的身上，猶如一隻豹在暗夜裡奔跑。

「女人的所有動作都由電腦程式控制。店家花費鉅資購買，一定可以回本。」

月鈴靠過山田的身體，拿著啤酒杯說，「人類與機器人都有無限的可能，那會像是紫色帶著斑點的玫瑰，特殊而引人注目。」

酒精的分子氣息在空氣蔓延，原先拘謹的舉止被酒精脫去了束縛，山田與月鈴在閃爍的燈光下，彼此的臉龐忽隱忽現，猶如遊戲裡的虛擬角色，他們被狂躁的音樂推進了舞池，一開始以緩慢速度，滑著華爾滋的舞步，山田的手放在月鈴的腰部，漸漸左右移動，他們的臉被鼓動的舞曲和奔放的人群推動著互相靠近，靠近到月鈴已經聽到山田的呼吸聲，他的嘴唇先是輕觸她的嘴唇，接著壓了下去，隨後彼此擦過對方臉孔的每一吋皮膚，聞著皮膚的味道，鼻子互相碰撞，山田呼出的啤酒味讓酒精的分子竄入她的全身細胞，她完全迷醉了，幾乎無法再呼吸，山田再度輕輕將下唇摩擦月鈴的唇瓣，以呼氣聲喚出了一個女人的名字，「紗月」。

一年前的往事，重新在月鈴腦裡上演了一次。她和阿健一樣，只能擷取故事的片段，選擇能說的部分，而必須隱藏無法訴說的部分。

「那天以後山田突然人間蒸發了。他的手機與聯繫方式都換了。」

一陣海風吹過來，在夏夜裡，月鈴感到有股寒意從腳底鑽進了身體。

從開始談到山田，阿健一直保持沉默，但他突然開口：「妳覺得這算是失戀嗎？這只能算是情境下的偶然，沒有，妳沒有失戀，妳沒損失什麼，是不是？」

月鈴壓抑了許久的情緒從喉嚨裡湧出：「我知道，是我自己投入得太快太深，那時我深刻地了解到，當年在橫濱，我也是用突然消失的方式對待你的，是反作用力彈回了我自己吧，是業力的輪迴吧。」

阿健的臉靠近了月鈴，「愛上一個人不是罪過，永遠要相信自己當時的眞心其實是很美的。」

「到我的住處那裡，放鬆一下吧。」

阿健住的地方房內的擺設非常簡單，一進門就可清楚看見一具放在牆邊的機器人。月鈴端詳著機器人，發現上半身的造型和眞人很像，臉孔是渡邊的輪廓，但下半身並沒有覆蓋上矽膠皮膚，完全是金屬材質交錯的迴路，暴露出機器人眞正的本質。乍看之下，在阿健燈光灰暗的屋裡，陰森之氣從機器人的眼睛瀰漫而出。月鈴伸出手摸摸這座機器人的嘴唇，手指上盡是灰塵。

「機器人下半身壞了嗎？」

「嗯，這是我先前告訴妳的那尊實驗用的機器人。」

阿健以手輕推月鈴到構造簡單的木床上，低下他的頭，月鈴已經聽到他的呼吸聲。剛開始月鈴抗拒著自己與阿健的這種距離，因爲阿健的臉孔產生了變化，她從今天看到阿健開始，仍然覺得阿健某部分是個陌生人，無法與過去那個完全純眞無邪的阿健連結在一起。

只有閉上眼睛時，過去一起打工的那段時間，兩個留在異鄉的身體，需要體溫慰藉的畫面才能重新浮現了出來。阿健的嘴唇輕壓著月鈴的眼球，那是他獨特的方式，他總是將嘴角繞著眼球轉，好像要吸進一整個星球那樣的感覺，剛開始月鈴會害怕眼球被壓傷，但阿健總是讓自己的力道像氣球那樣輕盈，那是全然投入的表現。

當阿健的唇緩慢移到她的胸部時，她張開了眼睛，仰躺的視線竟然落在那個機器人的頭部，渡邊的眼睛彷彿在看著他們兩人的一舉一動。有幾次月鈴還以爲當下在她上面的阿健是那個下半身都是金屬的機器人。

「妳好像有點心不在焉。」

「很抱歉，今天的心情有些特別，無法專注，先休息一下吧。」

月鈴不安地靠著阿健全裸的胸膛，「告訴我爲何機器人變成那樣，你沒有想要修復嗎？」

「有一天，那個女孩在我還沒進入操控室控制那個機器人之前，她找了一個男性友人用刀子將機器人下半身的矽膠割開，這個過程實驗室那邊都全程錄下來，二十分鐘後，那個機器人下半身的金屬全部暴露出來，倒在地上。

「不過，最駭人的，是那個女孩已經在血泊中了。她以手去用力碰觸機器人下半身那個私密處的金屬，結果手掌被刮傷，開始流血，無法止住，血像水管破裂般湧出，染色似地，沾滿地面。

「我趕去急診室時，女孩還在昏迷，有個中年女人坐在病床邊，神情很憔悴，她說：『你是她那個機器人朋友？』我停頓了一會，回應說：『喔，不是機器人朋友，是背後操縱機器人的朋友。』

「那中年女人或許是她母親吧，態度沒有像日本人平日那樣有禮貌，她說：『你不知道她有先天血小板缺乏症，如果開始流血，沒有止住的話，很容易有生命危險。』

「『很對不起，我並不知道，造成你們的麻煩了。』我用敬語說話，還深深地鞠了一個躬。我接著也坐了下來，望著昏迷的女孩，很仔細地看她的臉，那是我第一次能那麼近距離地觀察她，我越看她，才發現她的臉其實和妳不像。原來，我一直把那女孩當成妳的投射，我根本從未好好理解過她，雖然透過機器人談了很多，但連她最基本的家庭狀況都不知道。

「我帶著一種罪疚的心情，離開那個病房，隔天再去看她時，院方告訴我，她已經被轉到別的醫院了。」

「你後來還有再看過她嗎？」

阿健沒有回答，從木床起身，走到機器人旁邊的一個小桌，拿出一封信，放到月鈴的手裡，在昏黃的燈光下，她發現裡面有兩頁信紙，第一頁寫著：

健桑你好：

我花了兩年，才有勇氣寄出這封信。非常對不起，當年如果不是我幫忙京子將機器人下半身的矽膠破壞，或許她不會流那麼多的血。她的初心很單純，只是想知道，人類花了那麼多精神製造人形機器人，他們如何去處理下半身的私密（我想你知道我的意思）。

京子因爲從小罹患罕見疾病，反而可以和機器人與外國人相處得很自在。她也把自己的世界與漫畫連結，在那個世界裡，她可以構築自己想像中的一切。

希望你能把她永遠留在你的記憶裡。

（ps.下一頁是她筆記的一部分。這是我在整理她的房間時發現的，讓你參考。）

片岡薰介敬筆

月鈴繼續打開信封裡的第二頁，裡面有不一樣的筆跡。

漫畫老師總是說：「即使犧牲了生命，妳也要全身投入挖掘漫畫創作的個人風格，妳要有那種氣度！」

我終於發現了渡邊飛星，他的眼珠裡看起來總是載著淚珠，卻沒有掉下來，那樣的眼睛充滿了可以理解別人的奧祕。一定要畫下那樣的眼睛與眼神，成爲我漫畫中男主角的特殊神韻。

第一次看見阿健的剎那，發現他眼睛的某個部分是渡邊的眼睛，我想要多了解他。他不在便利商店時，我趁機詢問其他店員許多關於他的事。

我逐漸相信，阿健的眼睛和渡邊有百分之七十的相似度，我曾幻想，阿健就是渡邊呢，怎麼不是呢。我們每天透過機器人談那麼多事情。

房裡非常寧靜，只聽見阿健以鼻塞聲發出聽不太清楚的句子：「爲了那封信，我貸款去整形了三次，想要更像渡邊。」

月鈴沒有回應，用手壓住鼻子，怕阿健聽出她已經哽咽的聲音。

她從胸口深處，浮出切割畫面，過去與現在的阿健，還有人形機器人同時混融交錯的臉孔。

她還是懷念以前阿健的模樣，尤其第一次看見他時，那種毫無保留的笑容，純眞的心情寫在臉龐上，讓打工店整間亮了起來。

她微微抬起頭，看著阿健起伏的胸膛，突然想起他乳頭旁邊的一個咖啡色疤痕，那是過去那段時光中，讓她感到溫暖的印記，因爲曾經看見裸體洗澡後的父親，乳頭旁邊也有一個疤痕。

終於在昏暗的微光下，那個疤痕還是像一個矗立在海上的島一樣，浮現了出來，被月鈴巡邏的海船發現了。她緩緩用臉頰靠近他乳頭旁的那座島，以鼻頭來回摩挲著，彷彿必須再三確認它的眞實存在。然後這艘海船進到平靜的港灣，準備迎接橫濱夏夜的海風，迷濛中風的窸窣聲攜來父親溫熱的鼻息。

魔窟の吻

1

「喜歡按摩嗎？」

「嗯」

日本男人輕聲應了一聲，他俯臥在榻榻米上，嘴部頂住枕頭，聲音被枕頭吸進去了，包裹在棉絮裡。但在這可以聽見蟲鳴與風聲的風呂旅館裡，那樣低吟的「嗯」聲竟然像是某種昆蟲在初春發出第一道聲音時，很清楚地從榻榻米的隙縫裡鑽了出來。

台灣女人確實是聽到這聲「嗯」了，她的耳朵在面對這個日本男人時，耳內接受器變得特別敏感，那聲音也鑽進她的耳膜裡了，在耳內迴廊裡震盪了數次。從她這個角度望過去，外面的燈光穿透半透明的紙窗，讓幽暗旅館房間裡的男人身形，有了素描般的輪廓，臀部處高聳了起來，又在大腿處凹了下去。女人眨了眼再看一次，知道男人除了那條內褲外，已經褪去了衣衫。

她的動作不如男人快速，身上還穿著剛才泡湯後的日式浴衣，半邊乳房從帶子鬆了的浴衣滑了出來。浴衣尚未褪去，她已經感到自己彷彿裸體了。窗外的燈光穿越透明的紙窗，她低頭看著乳房的輪廓，迅速意識到自己的乳房最近萎縮了。從前穿著浴衣時，胸部總是撐起衣服，現在只是微凸的小山丘，但是她沒時間多想這是時間之神來叩門了。她人生中第一次到這樣的溫泉旅館，也是第一次和這個認識了四年的男人到這樣的旅館，她必須隨時以警醒的態度來面對這個似乎對溫泉旅館已經很熟悉的男人。

她的身體無預警熱潮紅來襲般地燥熱起來，在這初春，汗水從腋下滲了出來，緩緩下滑，微微滲透入浴衣。女人握著兩瓶精油和按摩油，從半蹲站了起來，往前兩步，到了男人俯臥的裸身前，一腳跨過男人的身軀，男人好像變成了她可以騎坐的馬匹了。

她讓身體剛好浮在那匹馬的背上，雙手可以隨意在馬背上移動。她緩緩打開按摩油的瓶蓋，好像儀式前的準備動作，右手拿起瓶身，左手接收傾滑出的透明油，將這些帶著咖啡色卻又透明的液體，往那個正準備享受的背滑動，手觸到了發亮的皮膚，皮膚的觸感濕潤有彈性。這時，窗外的燈光再度穿透紙窗，飄忽在男人背上，與咖啡色油的透明感結合，這男人眞的像是一尊漆上釉漆的日本木刻雕像。

女人腦中忽然閃出京都三十三間堂裡那些壯觀的一千零一尊觀音像，在那間號稱全世界最長的木造寺廟裡，每尊臉都帶著不同的神情。先前女人參拜這間寺廟時，在轉身進入寺廟長形迴廊的刹那，她發出「哇」的一聲，那樣的壯麗景象，此生第一次經歷。她仔細端詳每尊觀音的表情，在半閉半張的眼睛裡，所有的幽微與黑暗，都被下垂的眼皮埋葬，轉化爲全身鍍上的暗金色。這菩薩身上的暗金色，如今貼在這匹俯臥的男人背上，與月光交融，彷彿在背上移動，在暗夜裡擁有了觀音的色澤。

觀音應該是慈悲的，女人把男人背上的金箔色，幻化成自己的角色，她想，她應該再以觀音所擁有的勇氣與力量，盡情取悅這個胯下的男人，她潛意識告訴自己：「旅程似乎已經到了終點。」如果，旅程到了終點，那麼今晚的按摩，就有可能成爲台灣女人與日本男人今生最後的肉體接觸前僅存的溫柔回憶。女人此生從未替任何一個生命中的男人做過同樣的服務，對她而言，這是生命中非常關鍵的一項儀式。

十個小時前，在京都車站，她看見這個男人從前面極高的電梯騰雲下來，雖然擠在人群當中無法前進，反而好像天神從高處凌空而下，兩眼直視前方。

「啊，他並未急切搜尋我的身影。」女人閃過這樣的念頭，快速把頭轉到相反的方向，要讓自己看起來有點不在乎，然後再轉回頭來，看兩人能否眼神交會。她赫然發覺自己潮濕的手心，快速碰到繡有銀色玫瑰花的絲襪後，玫瑰花旁的黑色區塊很快滲濕了一片，好像被水噴到似的。

他的確是看見她了，也走了過來，兩眼卻是空洞無神的，瞳孔像是掉入了眼袋，讓眼袋原本的面積加大，她的心頓時猶如加了一邊的秤錘，斜了下去。男人轉身說要去買車票，從頭到此刻，沒有正眼看過女人。

女人趕緊從皮包裡拿出三千元日幣，輕輕拍男人的背，「給你，我的部分。」男人並沒有把三千元退回，拿了錢後，跟著排隊的隊伍前進。她站在遠處看著男人背對著她排隊，心中僅存的一點期待，快要隨著他買到車票而絕望了，她和自己玩了一個遊戲，「如果他在買到票之前，回頭看了我一眼，我願意繼續這個關係，否則，這趟旅程將劃下終點。」

2

台灣女人的手抹上按摩油後，長了翅膀似地輕快起來，不斷在飄動的暗金黃色的背上滑動，連自己都被自己的快速上手震撼到。當手開始移動到臀部的時候，她已經無法再穿著一直在滲透汗水的浴衣，於是以沾滿油的雙手，迅速脫掉那件早已讓她感覺裸體的灰色袍子。

女人的身形此刻終於在窗外的月光穿透下，同樣也出現了素描般的輪廓。雖然已經有了年紀，這幅素描作品，還是可以被認定爲三十出頭的女性輪廓。乳頭在暗夜裡，早已脫離少女的嬌羞，膨脹的形狀，讓那雙峰猶如建了一座尖型寶塔，矗立於山頂。

但這樣的凹凸身形，男人無法看見，他仍俯臥著，臉孔埋在白色的枕頭裡，連是否睡著都無法判定。起伏的呼吸聲上下壓著鋪在榻榻米上的綠色棉被。

女人身體此刻是一座噴泉在中央的池塘，水柱濺得水花四射，溢出了原來的面積，大腿兩側黏稠液體滑了出來。她知道自己已經濕透了，從頭髮到腳趾，這只是四月天，房裡還有暖氣，抵抗夜間與白天的溫差，但高溫不是來自暖氣，而來自體內的熱流。女人終於坐了下來，坐在男人的臀部上，以雙腿間黏稠的液體摩挲鼓起的山峰，展開的雲正好覆蓋在男人的山峰上，讓整座山隨時必須面對氣候的變遷。

女人起身，她張開兩隻手的手指，撥開了男人兩片臀部中間的凹槽處，伸出舌頭下降到那山的深壑裡，猶如一條蛇要鑽回棲身之處，但迅速又抽回了身體，來回在洞口徘徊。然後女人全身是蛇身了，蠕動前進，吐出的舌頭誘惑著洞裡的靈魂探頭出來，順著臀部那凹槽處往下，就是兩顆盤古開天的巨石，開始有了滾動的跡象。舌頭也滑動到那兩顆連接山谷的巨石，那是原始生命的源頭，舌頭知道那裡蘊藏了所有的一切。

男人突然臀部聳起，切斷了舌頭繼續要進行的旅程，她的臉頰被對方的臀部抬了起來，在那瞬間，男人轉了身，他的身體已經產生了變化，下半身的石柱已經聳立，在月光下改變了原先素描的身形。他的手迅速抓住女人的手臂，將她的身體拉到他的左邊，用背上留下的按摩油，摩擦女人的身體。

他的動作有些慵懶，彷彿處於半睡眠狀態，即使下半身已經有了反應，卻聽不見急促的呼吸聲。他伸出右手的兩根手指，像是扭轉舊式鬧鐘背面的定時螺旋鈕，以順時鐘方向前進，但女人敏感地感覺男人的漫不經心，那兩根手指雖然在扭轉，但感覺不是在扭轉女人發硬的乳頭，而是扭轉一台過時的機器旋轉鈕所散發的無力感，女人被這種力道嚇了一跳，胸口有種從胃部翻攪出的疼痛感，一直湧到乳頭的部分，瞬間變成了乳頭的疼痛感。

疼痛感早已持續了多年，從認識這個男人開始。每次的痛感，卻都有不同的形式與內容，源自於說不清楚理由的朦朧感。這種痛反而升起了更想擁有的渴望，跌落到越深的山谷，想要爬出深淵的求生意志就更加強烈，會激起未曾有過的勇氣。女人掙扎著把身體撐了起來，一腳跨過男人的身體，如果坐下來的話，就是騎乘座的姿勢了，她可以從容地看見男人的面容，但此刻她看到的不是以前那張俊美的臉龐，而是兩隻猶如被挖走了瞳孔、無法聚焦的眼眸，這是她過去一見鍾情的那個俊美男子嗎？時光的反差混雜著羞愧、不安，擔心自己很容易被輕易拋棄，那樣的恐懼這時悄悄襲擊她的胸口，猶如眼前這張被歲月啃食的臉孔，反射到自己的臉上。

就是那樣的恐懼，她急於確認對方一切的感覺，在疑念之間，她把對方那已經膨脹的很大的木雕，放入張開兩腿後拉開的空間，這也是他們認識多年來第一次，女方趁著按摩的空隙，找到在上位的機會，因此可以更看清對方的表情。男人的臉在兩雙眼睛交會的刹那，頭略微偏了過去，兩艘航行船隻的探照燈，彼此照到對方後，又錯身而過，各自航向被夜霧遮去視線的前方，女人想把那艘偏離的船撥正回來，伸出了右手，施出氣力，但男人的臉抗拒著這個力氣，反而更靠近相反的方向，和女人的航道更加偏離。

女人嘟起了嘴，快速地趁著這個抗拒的間隙，想要輕觸對方的嘴唇，她內心深處極度渴望這個男人的吻，那個可以藉由唾液融合兩個靈魂的深吻，是一場夜裡的心理戰，蛇的舌頭彼此交纏可以烙印於腦海裡，成爲每夜獨處時貓頭鷹守護的幸福象徵，在朦朧月光的映照下，變成揮之不去的影像。但男人的貓眼並未被暗夜的燈光所惑，守夜的貓用瞳孔的亮光擊退侵襲者，就在女人快要觸到對方嘴唇的剎那，男人已經把頭側了過去，日語的「だめ」從喉嚨深處低沉地摩擦，帶著威脅與命令，在甚至可以聽到呼吸聲的房間裡，如此的聲音幾乎是狼嚎了，男人的野獸聲，徹底擋住了她想要吻他的動作，吻在此刻撲空了，只輕輕觸到男人的右側兩頰。

在撲空的剎那，強烈的羞辱感像千百隻螞蟻爬滿她的身體，每隻釋出的酸液加在一起足以引起全身的刺痛，要揮走所有的螞蟻需要時間，在牠們消失前她感覺受辱，只是來服務眼前的男人，「我對他的盡情取悅並沒有換來一個我所渴望的吻」閃過腦海，但是，這種想法換來的會是暈眩與心痛，她必須讓此刻的自己可以繼續玩下去，如果此刻她動怒了，或是停止繼續往前了，這場遊戲就到此結束了。此生只有這個男人拒絕了她的索吻，而且不是第一次了，每一次，當她徹底想離開這個關係時，她總想再給自己一次機會，渴望著熱情的深吻，她日夜幻想著這個男人將她壓下，用嘴唇的濕度溫潤她的肉身、她聳立的乳頭，然後封住她的嘴唇，讓她嗅到對方帶著特殊味道的呼吸，接著她用雙手捧住男人的雙頰，熱情地回應，旋轉自己的頭與舌頭。在白天的繁忙公務中，這些畫面帶領她走出無聊，念頭總是跳躍出來，好像爲她注入了一縷清泉，清洗她早已職業倦怠的頭腦。她刻意讓親吻的想像侵入她的日常生活，生命就像風乾了的稻草，躺在烈日下，一把火就足以燃燒精光，她渴望那把火將自己化爲灰燼，與其被日常生活重複地曝曬，不如燃起熊熊烈火，徹底地再感覺活過一次，然後從此消失無蹤。

「這會是兩人旅程的終點嗎？」她此時若是露出被羞辱的神態，可能接下的一切都會被黑夜侵蝕，只剩屋外的初春蟲鳴和紙窗的月影搖晃。紙窗被微風推動了一個晚上，彷彿隱忍了自己的聲音，而讓春蟲代替她發聲。紙窗半透明的顏色完全將夜色吸納了進來，那扇紙窗知道如何以低調融合了周遭的世界。如果把那扇窗完全打開，外面就像是京都寺廟庭院裡的枯山水，白沙代表大海，石頭是島，枯山水的凋萎樹形和澎湃大海，就在一紙之隔的窗外，與蟲鳴混合交融，「我能融入枯山水裡嗎？」她趕緊驅散身體虛擬的螞蟻，如果她也是枯山水的一部分，她必須先潔淨自己已經污穢的肉身，接著露出微笑，她閃過三十三間堂那些菩薩的金色面容先前曾灑在這個男人背上的影像，她重拾度化的心情，再度面對在幾秒鐘前用拒吻使她身心產生劇烈反應的男人。

這個男人似乎完全未意識到女人心情在短時間的巨大變化，也完全不知道自己曾以他的方式讓女人的心情呼應著暗夜所涵蓋的一切。他迅速翻身過來，將女人壓在他的下面，以慣有的方式控制著局面，彷彿無法允許女人騎乘在他上面，必須以帝王的姿態，駕馭這個如今已經馴服躺下的女人。他毋須施加過度的力氣將局面翻轉，女人專注於他動作的細微變化，彷彿身上帶著接受器，隨時感應男人的氣息變化與身體節奏。如此的馴服其實混雜著恐懼、不安、羞愧、那種伴隨著她四年的感覺，但他根本未曾注意她是否隨著他的身體律動，只管堅硬的木柱在潮濕而深邃的甬道裡來回前進，身上的汗水從體內泌泌滲出，摩擦著女人的胸口，擴及整個胸部。他開始發出女人聽不懂的低沉聲音，從喉頭深處的摩擦，彷彿呼應身體的摩擦，有時又吐出成串的日語，劃破寂靜的夜空。這些母音與子音的音節滑動，在女人耳中竟成悅耳的樂音，與蟲鳴的低沉聲交織互奏，來回穿梭於被月光穿透的紙窗。她將自己一分爲二，一個部分享受著下半身互相前進的眞實感，一部分聽著跳躍的音符，虛擬似地感受到短暫而獨自擁有的幸福。在這小小的風呂旅館裡，所有的困難與痛苦都隱遁而去，那些榻榻米具有吸納煩憂的神奇力量。

尤其，男人發出的日語，在女人耳中，竟像是夢境中的低語。往昔殖民的語言，穿過男性嘴唇，頓時附加了統馭的魅力，那曾讓殖民時期台灣人被區隔的語言，那曾用來斥喝與馴服台灣人的語言，此刻都隨風呂旅館的風散到空氣裡，加深了男人的權威，他正享受著的女體，是他們的國家曾經占有的一部分，他壓在女人的重量，沉重而輕微，沉重處她無法呼吸，輕微處她輕易遺忘。

但，其實並未遺忘，只是被壓抑下來，恐懼、不安、害怕的組合，隨時繞著她的脊椎爬行，蛇般的威脅從海底深處往上蔓延，與其說她害怕這種被控制住的感覺，不如說是突如其來的卑微，蛇般地纏住她的靈魂，殖民時期遺留下來相對低下感，從他們彼此認識的那天起，如風如雲，霸占了天空。她只能以日語表達簡單的概念，因此在他面前成了無法表達複雜概念的女人，或許，因爲這樣，她在他面前總是覺得自己的光芒，被剪去了顏色，無法架構整條彩虹。

她被這樣的無力感困擾著，可是當下卻無能爲力。她的日語無法一步登天，每說出一句日語，潛意識裡就出現一次這個男人臉上聽不懂的困惑。她心裡產生了障礙，無法自在與他透過日語溝通。弔詭的是，愈是這種心情，她內心對日語的迷惘就愈大，男人嘴裡的低沉日語，竟無限放大了他的優越地位。他，變成神明壓住她起伏的胸口。

3

那扇紙窗仍輕微顫動，從黃昏到深夜。紙窗外的枯山水，如今更進入幽靜的狀態，月光滑上了石頭、枯枝和白沙。日本男人已經發出鼾聲，進入夢境的世界，台灣女人卻到現在都無法闔眼。或許是晚餐的那杯綠茶滲入到腦神經，她到現在仍清醒著。

她腦中浮出吃晚餐的地點，一個魔洞般的餐廳。她與男人開始進入旅館時，她注意到門口有個大匾額：「魔窟風呂旅館」，當時她被震撼到，這種名字極度不像日本旅館該有的名字，大部分的旅館都取了幽雅的名字，或用地名，或用旅館老闆的姓，或以植物的名字撩起顧客的想像。

這是男人訂的旅館，能選擇這樣的旅館，可能證明他有幽默感，或是不隨流俗的個性，或是喜歡給人驚訝的特質，總之，看似與一般日本人的選擇不同。果然，這家旅館的顧客極少，從他們進去以後，只有三對人，或許他故意選擇這樣的旅館，比較可以放心不會擠了太多人，也不會擔心遇到熟人的尷尬。

如果仔細探究，這家旅館又極符合日本的寺廟精神。那個「魔窟風呂旅館」的匾額旁，有一張看似憤怒尊的神像，組合了京都東寺守護東方的持國天王憤怒睜大的眼睛、鞍馬山傳說故事中的天狗的紅色皮膚、奈良吉野山號稱日本最大的密佛金剛藏王的往上翹的粗大眉毛，而神韻是十一面觀音像中的瞋怒面。那張神像矗立在入口櫃檯的左邊屏風裡，讓這間旅館瀰漫了寺廟的氛圍，猶如許多寺廟門口也有憤怒尊的神像迎接來參拜的信男信女。

女人因爲熱愛京都的寺廟，很快注意到這家旅館門口的特色，而「魔窟兩字特別引發她的想像，「如果，這家旅館就是一座『魔窟』，那會發生什麼事？」「這是菩薩的指示嗎？那麼，菩薩要『魔窟』回答我什麼答案？」

一開始，「魔窟」兩個字，在這個旅館是非常字面的，她和男人要去吃晚餐前，從門口出去，由一個女服務生帶領他們穿過一個小竹林，這個竹林的規模比起嵐山著名的「竹林之道」，只能算象徵性種了幾株竹子而已，但在這個旅館旁，飄動的竹葉發出細碎的聲音，與深的洞穴共鳴，在黃昏時刻，黃色的彩霞裝飾在竹林的上方，當女人抬頭望去，她旁邊的男人穿著日式浴衣，黃色的光影投射在他的身體上，猶如穿過歷史的隧道，變成歷史中的某個人物，而黃昏光影持續移動，斑駁的光影把兩人輕輕推移至竹林裡面，又把兩人從竹葉的簾幕中推了出來，眼前出現一個洞穴，高度非常低，從穴口探看過去，裡面漆黑一片。

「這就是『魔窟』嗎？」男人問女服務生，女服務生只眨了眨眼睛，指示兩人把頭低下來，「這麼低的洞穴如何在裡面吃飯？」男人低聲說道，遵照女服務生的手勢，把身體低下去，並進到洞口裡，女人跟在後面，頭下降得更低，一旦進入到那個空間，兩人同時「哇」了一聲叫了出來，原來裡面比洞口大很多，身體可以伸直了。帶路的女服務生捲起和服袖子，在黑暗中看不清她如何打開兩旁的開關，只聽見一個聲響，頓時牆壁上的吊燈點亮起來，吊燈呈現華麗的巴洛克風格，還會輕微旋轉，燈飾的影子隨著轉動，映照在四面牆上，連女服務生和服上的蜂鳥也被光照亮，像是飛出了那件衣裳，在空中舞動起來。

女人此時往男人身上看過去，浴衣上也有幾片竹葉，她伸過手去拍拍，竹葉沒有掉下來，這才發現自己與男人身上的浴衣，都畫上搖曳狀的深綠色竹葉，藏在淡綠色的浴衣色澤裡。這時，或許是光影的迷濛感，女人突然升起了撒嬌的慾望，她往男人的身上靠過去，碰觸男人懸空的右手掌，透過彷彿不經意的身體接觸，再次確認彼此的關係。

兩人眼前還有通道，更深入到洞穴的另一端，站在那裡，不知道眼前會繼續出現什麼，抬頭看窟穴不規則的黑色石頭，像是奇山峻岩突出的時光印記，尖銳的稜角下垂無數鐘乳狀的水滴透明柱，烙印了光陰的駐足，這些透明柱如此靠近兩人的眼睛，帶來某種下墜的威脅感，兩人幾乎同時眨眼睛避開眼珠可能遭受的侵襲感。地上或許記錄水滴透明柱在某些時刻下墜的痕跡，潮濕的石道暗示兩人必須放慢腳步行走於溜滑的道路。男人與女人小心翼翼踏出步伐，每走一步先前吊燈蔓延出的光亮越縮越小，光束逐漸拉開與兩人背部的距離，如今黑暗再度空前壓下，女人摸索著前進的腳趾，無意識向內緊縮，似乎害怕面對前方的死穴盡頭。此時，女人在黑暗全面籠罩下，聽到男人的浴衣的綁衣帶在寧靜中發出了聲音，她猜想男人適時拉拉衣帶提振精神，或許也看了她一眼，拉住她的信心，彼此猶豫的神色稍微寬解。剎那間，兩盞旋轉吊燈同時打亮，猶如強大的火光瞬間燃燒，往幽暗的窟穴蔓延，頓時從兩旁延伸出兩條支道，擺放了餐廳的桌椅，桌上方跳動著吊燈打下的燈光，燈光還爬上桌上的火鍋，迴轉徘徊，映照火鍋下早已升起的火焰。那些火焰燃起周圍躁動的氣息，攪動這深邃的洞窟，在四月天帶來暑熱的溫度。接著，數台電風扇開始旋轉葉片，攪動原本寧靜的洞穴，那裡煽起的微風，在女人的耳邊迴響，她憶及竹葉的細碎聲，想著浴衣上的那些竹葉，肯定被風吹開來，顫動飛舞。

兩人隨著帶路的女服務生進入了用餐的通道，彼此無所遁形般面對面坐著。坐定後，女人爲了自己的視線該落在何處困窘起來，但她還是低下了頭，視線落在桌上放歪的一雙筷子，右邊筷子的上方已經偏離了左邊的那枝，她輕輕用手指的力道，兩枝筷子彼此再度緊密碰觸，眼睛的餘光發現自己的浴衣已經傾斜，紅色的胸罩掙脫出來，上面繡著的玫瑰花在吊燈的迴轉燈光下忽明忽暗，紅色胸罩只包住半個乳房，另外半個乳房的肉體顏色，和玫瑰紅成了強烈對比。

半個乳房滑了出來，猶如一個即將哺乳的女人，打開了某種束縛，低頭的剎那，因爲肌肉向前移動，原先飽滿的形狀又擴張了些。稍一抬頭，她發現男人已經盯著她了，她想，如果浴衣再鬆開點，她看起來就是個放蕩的女子了，趕緊拉拉浴衣的衣角，想讓一切都歸位，但來自南國的她，還不熟悉日式浴衣的種種眉角，這一拉，整件浴衣從肩膀滑了下去，電風扇的風吹過她的皮膚，一陣混雜著熱氣的哆嗦從血管裡爬出來，她意識到自己整個上半身已經裸露，紅色胸罩已經毫無遮掩，那件畫著竹葉的浴衣，狡猾似地滑落，帶走身上的竹葉，僅留下胸罩上的紅色玫瑰花。

這不是第一次穿上這個胸罩，她揣測男人以前應該從未在燈光的照明下仔細看過這個胸罩，每次的肉體交歡，胸罩已經被拋到某個角落，這個男人似乎並不迷戀特定胸罩的顏色與花色，好像也未曾隔著胸罩，貪婪吸吮乳頭，口水沾濕了胸罩的絲質布料，那是她在許多情色刊物中，看到的激情描述。

整個餐廳，還只有他們兩人，她突然閃過這樣的念頭：「就讓浴衣暫時滑落久些」，「旅途的終點」幾個字跳入她的思緒，她要男人多看自己的身體幾眼，還可幻想男人匍匐在自己胸前，化身小嬰兒舔舐乳頭。男人似乎並未領略到這意圖，眼神流出朦朧的含意，用手尖碰碰右胸上方，暗示女人注意自己的衣服，她接收到訊息後，拉起一半散在榻榻米上的浴衣，再把浴衣的領口合上，遮蓋住那個鮮紅的胸罩帶子，雖是簡單的幾個動作，她感覺自己的手放下後，手掌上部分神經，輕微顫抖。

幾秒鐘之間，浴衣滑落的一切彷彿都未發生，兩人暫時找不到適合的話題切入，女人的日語無法回應複雜的內容，先前來到這家魔窟風呂旅館前，兩人在電車中還為語言的使用起了爭執。男人堅持要女人說日語，女人不願意，並以英文回答：「You are making me nervous.」當時男人繼續拉高語調，女人用手推推男人的腿，想撒嬌一下緩和氣氛，男人的臉孔依舊緊縮，女人沉默了，她無法繼續對話，從那時起看著車窗外，眼前飛逝而過的是重疊的建築物，綿延在幽暗的天空下。

男人用自己的筷子攪拌火鍋裡的菜色，沸水碰撞搖晃的筷子偶爾濺出鍋外，女人跟進，筷子在鍋子裡恣意滑動起來，那是花式溜冰中的男女，時而交錯，時而分離，筷子的身影柔軟而飄逸，「這算是某種形式的肉體交流了。」女人敏感地感受到，好像沒發生過電車裡的爭執，兩雙筷子的交纏，暗示兩人表面上已經和解了。但冷不防地，女人腦海裡總被閃過的「兩人的關係旅程，雙人舞的終點站到了」的疑惑敲打著，到晚餐爲止，這樣的感覺仍不時滲入筷子的韻律裡。

她有時會忘神地看著他攪動火鍋的神情，心中突然點燃不捨，「如果是終點，那好好跳完舞步吧。」她提醒自己別忘了仍要擠出笑容。即使是擠一顆已經風乾的柳丁，也要將僅存的汁液壓榨出來，讓品嘗者不至於完全否定了那顆柳丁，至少嘴邊還留存一些可以舔舐的回憶。而當她再度偷看一眼男人的面容，仍驚訝於一個男人的長相可以組合了佛陀、幕府將軍、武士、浪人、電影明星的面容，她除了被這張臉困住外，這個男人的其他性格面向，常常讓她走在迷霧裡。但單單一項就夠了，一張這樣的臉就夠令人驚豔與驚懼了，美麗的東西同時帶來了困惑、不安、焦慮，與凌遲，這是她過往的生命經驗不曾有過的。但她幾乎忘記了，她也是眾人眼中的美麗女人，在這個男人面前，她徹徹底底忘記了這件事，而經常突發自我的羞慚感，在波濤的胸海裡湧動，然後沉入到腦海的無邊無意識，她無時無刻不浮現她所投射出的男人容貌，彷彿那張她認定優於自己臉孔的臉強行奪走了她腦海所有的空間。

這時，女人眼睛的餘光瞄到鄰桌的年輕女孩不時撫弄長髮，還讓電風扇的風延長了頭髮的長度，大動作煽起周遭氛圍的變化，特別是女孩的眼睛經常往這邊望過來，有幾次女人感覺男人也往年輕女孩的方向看過去，停止了筷子的攪動。地盤被入侵的不適感，瞬間從胸口湧至喉頭，產生輕微的暈眩，女人清清喉嚨，把筷子重新放入火鍋裡，刻意用筷子碰觸對方的筷子，還以特定弧度繞了幾圈，模擬騷莎舞中迴旋舞步，以這個交纏來確立自己與男人的特殊關係。

但她無法不持續注意鄰桌的這個年輕女孩，原本早先一直被「足跡所到之處，會是兩人旅程的終點嗎？」想法盤旋住的女人，注意力終於被旋轉到相反的方向，吃醋的況味，完全打亂了筷子的舞蹈節奏，她放下了手中的筷子，小心翼翼把頭轉到右邊，低下頭去用手摸摸榻榻米，說：「好細緻的紋路，很少看到這麼美的榻榻米。」

榻榻米的交接處上重複出現的橢圓形紋路，好像無數的眼睛回看著她。

「嗯，」男人簡短地回應，這時他正將從火鍋裡撈起的細米粉往嘴裡推進。同時，鄰桌的女孩好像聽到他們的對話似地，轉過身體低頭看著榻榻米，臉部的輪廓在轉身的瞬間，映入女人的瞳孔裡，女人敏銳的感官，馬上捕捉了女孩的臉部特徵與比例，女人震驚到幾乎把已經擺放在小碟子上的筷子墜落到榻榻米上。

「那個女孩的臉孔幾乎是年輕時的自己的翻版。」這個想法剎那掃過腦際時，驚訝、好奇與焦躁的混雜感螞蟻雄兵般爬滿她的皮膚，螞蟻口中吐出的酸液還引發無形的強烈刺痛，「這是魔窟式的幻覺吧。」她多次反問自己，還捏了皮膚，相信自己並非吐出夢中的囈語。

漂浮的疑慮，她無意識把桌上的白開水全部喝了下去，很快感覺想上洗手間，但此時若上洗手間，她想著，是否反而製造了男人與女孩對話的機會，「或許可以再度確認對方的臉孔」的想法也混了進來，在評估兩種可能的疑慮間，沉重的下半身所承載的水分重量，終於驅使她站了起來：「等我一下，上一下洗手間。」她拉拉了浴衣，確認這次浴衣穿著合宜，繞過男人的背後，站在榻榻米上，往下看過去，視野非常清晰。從她的角度可以完全掌握女孩的面容，瞬間另一波震驚的撼動再次襲擊她的肌膚，起了全身性的雞皮疙瘩，「啊！這個女孩眞的與自己年輕時長得一模一樣！」

這種感覺湧入後，女人已經無法繼續保持外表的平靜，「這是魔窟的幻影嗎？」先前的疑惑繼續鎖住她的意識，她搖晃了幾次自己的頭，想確認是否掉入夢境，但她相信自己是清醒的，不久前才和男人走過一片竹葉搖曳的竹林，那些竹葉所發出細碎的聲音，腳下步行的踏實感，如今腳底還留有泥土的餘溫，還有浴衣上那些飄動的竹葉，眞實穿在自己的身上啊，她自言自語著。

女人詢問女服務生關於洗手間的位置，女服務生以右手指了一個方向，望過去微弱的燈火彷彿在不遠處。她順著那個方向，才走了幾步，眼前出現上方布滿窟窿的黑色岩洞，先前通往餐廳前的洞穴裡垂下不少透明水滴圓柱，現在數量更多，因爲缺少吊燈的光線，水滴圓柱發出的隱約微光，成了黑暗中唯一的光源，那些圓柱猶如她此刻的心情，幾乎帶著重量要落到地面上了，整個圓柱不穩的鬆動感讓僅存的微光產生跳動的錯覺，加上四周的岩壁表面凹凸不平，旅館名字營造的意象「魔窟」，在她眼中，鬼火中搖晃起來，名稱果然名不虛傳，女人全身起了寒顫，靠近腳底的浴衣，沾染了地面的水氣，濕氣逐漸擴大面積蔓延開來，女人可以感受到腳心越來越冰冷的寒氣往上半身流竄，浴衣上的竹葉，逐漸也被沾上水氣，那件浴衣已經失去起碼的保暖效果。

穿著浴衣的她迷路了，落魄而長髮披散，窟窿上的水滴，滴答滴答下墜到她的髮絲，幾束沾濕的頭髮開始黏在頭皮，有時遮住視線，腳底的那雙木屐踩踏在濕氣重重的凹凸地面，逐漸變得滑溜，她的腳趾難以定著，好幾次感覺整個人幾乎往前撲倒，木屐上發出嘎嘎的聲音，在洞穴中竟然發出回音，迴盪間分貝加大，聽起來幾乎是風呂旅館前的憤怒尊從喉頭深處的低沉怒吼了。

前面的洞窟沒有盡頭，她開始遲疑是否繼續前進，步履承載膀胱的水量，已有幾滴尿液偷偷滲入內褲，腿的兩側已經嗅到特殊的味道，又把那種重量感傳到腳趾間，呼喊著她。在近乎全然的黑暗裡，她拉起浴衣，冷空氣趁虛而入，侵襲內褲以外的肌膚，打了全身寒顫後，還來不及半蹲，幾乎以男人的方式釋放出下半身的液體，她清楚感受到液體激烈撞擊地面，水花四濺，聲音在黑暗中特別清晰，回音似乎還夾帶冷空氣，冷颼地在黑洞中迴盪，因為視覺完全被阻斷，任何聲音加倍放大，腦中衍生的恐懼一融入，回音竟然聽成憤怒尊似的怒嚎，「那是旅館門口那尊憤怒神像發出的聲音？」遲疑迷惑間，全身滲出了汗水，擊退四周的冷空氣，那件更加潮濕的浴衣，幾乎已經貼合在她肉體的皮膚上，在黑暗中雕刻出她的身型，猶如一座豐滿立體的移動雕像。

乳房更加狂肆，已經完全無視浴衣和紅胸罩的存在，自己掙脫出來，暴露在無邊的黑暗中，或許黑暗之手更能撩撥體熱，讓乳房享受更多的自由，黑暗烘托乳房的無懼，兩粒聳立的星球，反而在上下震盪中，折射出光亮，像是僅存的微光，推動她的腳踝以僅剩的力氣往前走著。

一段時間後，每隔一段距離一盞一盞煤油燈出現，密度越來越高，復古的煤油燈，亮光會自行擴散渲染，猶如把整個洞穴染滿了楓葉的光澤，但此刻應該是初春，楓葉的錯覺攜來時光的反差，好像又走入了另一個階段的魔窟，在光陰的推移下，洞穴換了新裝，也塗上了另一種顏色，但是金黃色在某個時刻瞬間消失，被煙霧取代，仔細一看，那不是霧氣，而是某種氣體的濃煙，接著煙團一陣一陣飄來，她順著煙的方向，逐漸聽到人的聲音，從細碎到人聲鼎沸，「啊，好像又回到剛才吃飯的地方。」眼前的景象有某些熟悉，一樣看到電風扇的葉片轉動，屋裡瀰漫火鍋滾沸時冒出的濃煙，從不同的桌子向上群聚。但是，剛才出去時，只有幾個人，現在卻是人聲交織，彼此的距離擁擠，眾人拿著筷子攪動著鍋裡的食物，筷子彼此熱切碰撞著。

「應該在我離開之後，湧進來的人潮吧。」她想著，同時在慌亂中搜尋著自己的男人，顧不得披頭散髮的憔悴模樣，必須趕緊找到他，就算是撒嬌也好，一定要他安撫她剛才所經歷的驚恐，但放眼望去，掃過的臉龐看起來都是陌生的年輕臉龐，看似神色匆匆，並未享受著眼前的美食，他們無意識地不停攪動火鍋裡與碗裡的食物，抿住的嘴角擠出繃緊的微笑。

「剛才坐在這裡的客人呢？」她叫住一個女服務生，她的臉孔很陌生。

「什麼客人？」

「一個中年男客人，一個長得像武士的男人。」

「這裡都是年輕的客人啊，很多男人要被徵去當兵了，這可能是最後的一批徵調了。」

「徵調？當什麼兵？」女人皺縮眉毛。

服務生露出困惑的表情，她眼前這個女人的衣著與打扮，加上潮濕披散的頭髮與衣衫不整，不知是哪裡闖來的不速之客，服務生感到不耐，但還是維持表面的禮貌回答了：「現在日本的戰況逐漸吃緊，在延長戰線後，各戰地需要更多的新兵去協助。」

同時，屋內收音機的音量瞬間加大，昭和曲風的音樂在房間裡流蕩，那只是前奏，接著昭和的女聲哀怨唱腔字字清晰可辨：「你將乘著翅膀，飛向遠方，你是螢火蟲，在黑夜裡出發道別，盤旋而上，沒有哭泣……」字字句句融入了火鍋的煙火，也掉入到沸騰的火鍋裡，她聽見了，這歌曲正在歡送著一整批即將遠行的年輕男人。

女服務生彎腰鞠躬，表明要離去了，女人急拉女服務生在轉身之際差點也同時遠離的和服，女服務生回頭看了女人一眼，女人焦急的語調顫抖：「請告訴我，現在是西元幾年幾月幾日？」

「昭和十九年，西元一九四四年四月十五日。」

「怎麼可能!!不久前才是西元二〇一七年同一天。我剛才還在這裡。」

女人的日語非常零碎，表達得不清楚，女服務生送出不經意的一個困惑眼神，往前快步急走，消失在視線裡。

女人的視線再度回到眼前，靠她最近的一個桌子，傳出男性低沉而巨大的聲音：「乾杯！祝我們還能相見！」她朝聲音的方向看過去，視線的落點，正好是斜對角，掉在鼻頭上，往上延伸是高聳的鼻梁，接著視點掃過眼睛，整張臉的輪廓勾勒已經出來，這半張臉喚醒她某種沉睡的記憶，在彷彿熟悉的召喚下，想要更確認所見，她迅速調整位置，正面對準臉龐的投射點，不偏不倚將全臉攝入眼眸，這個發出聲音的年輕男孩臉龐，竟是自己的男人年輕時的面容，她猶豫了一下，用力晃頭，想揮走眼前的幻影，幾次過後，年輕男人仍坐在那裡，那張臉她看過，她很確定，曾經有一次，她的男人與她分享他二十四歲時的照片。

「這是自己珍藏的照片，那是大學畢業後一年站在京都大學門口那棵大樹前照的。」某次在他們的肉體纏綿前，男人主動出示那張照片。當時，女人沒有年輕時的照片分享，笑著回應：「年輕時我們彼此所沒有交錯過的，就是錯過了……」她摸著泛黃的照片，照片上的某個角落剝落了，露出白色的斑駁痕跡，「幸好剝落處不是在臉孔上。」當時，她捨不得把照片從自己手中還回給男人，之後特別找了時間去撫摸京都大學門口的那棵巨樹，告訴自己這是兩人曾在年輕時就連結的象徵。

女人站在那裡，看得很清楚，這個擁有自己男人年輕臉龐的日本男孩，正在和離開餐廳前的那個與自己長得一模一樣的女孩說話。

「你要離開日本去當兵了，給我一次吻吧！」女孩說。

「不，還是和以前一樣。時局很緊張，我無法給妳承諾。」

「如果擁有一個吻，彼此會永遠記得對方……。」

「那會更難承受的……妳會終身背著一個無法重複的吻的回憶……。你要知道，我這一離開，可能永遠不會回來了……。」

「永遠不要說不吉利的話。」女孩開始哭泣了。

「如果時間還來得及，妳要想辦法趕緊回到台灣，如果戰爭繼續下去，可能會回不去了……，何況，妳的大學那邊的課業，也停課了。」

「不要，不要去打戰！」隔著距離的女人嘶吼著，她衝過去男孩的地方，繞到他的背部，用力拍年輕男孩的背，男孩回頭，女人以激動的語氣，繼續嘶吼：「昭和十九年七月塞班島陷落，同月『建物疎開』開始實施，十二月京都的第十六師團本隊在外島全數殲滅。昭和二十年二月，美軍於硫磺島登陸後該島徹底淪陷，三月東京遭到大空襲，城市約百分之四十遭火吞噬，四月不沉戰艦『大和』永遠沉沒，六月沖繩守備隊全部灰飛煙滅，島上一片廢墟。八月六日美國在廣島投下第一顆原子炸彈，八月九日在長崎投下第二顆原子炸彈，兩地淪為人間煉獄，八月十五日正午天皇的戰爭終結昭告書放送，日本正式投降！」

嘶吼的聲音在嘈雜的人聲與昭和音樂中載浮載沉，年輕男孩似乎並未聽清楚她說話的內容，放下手中的筷子，以側臉回應：「聽不清楚妳說什麼？」他那雙大眼睛的迷濛眼神，一直沒變，只是時光往前推進，從中年到年輕，那是迷惑著她的眼神，「這個年輕男孩看到我了嗎？」女人不確定。疲倦感爬上她的眼皮，思緒開始無法清晰。她無從了解自己爲何站在這個地方，「我的男人呢？」

穿越了餐廳的人群，火鍋的煙猶如將她置身於霧中，她不斷尋找這間餐廳的出口，想繼續找到剛才她離開的地方，那裡或許可以找到自己的男人。這時，前方的濃霧遮住所有視線，這已不是火鍋的煙霧，而是洞窟外四面八方湧來的霧氣，每往前一步，黑暗與濃霧的力道加大，雙重裹住她的腳踝，厚重的黑暗與層層濃霧，彷彿從上方加壓，她的身軀被重物壓下，往軟泥的深處陷下去，像是逐步陷落到無限擴張的洞窟裡。這時，葉片被風掀起的窸窸窣窣聲在全然的寧靜中聽起來像是暴風的吹襲，四周的蟲鳴幾乎以嚎叫的分貝刺穿耳膜，「那扇紙窗在哪裡？」女人浮現她與男人在紙窗內的肉體交纏，如今隨著黑暗，沉入了黑洞裡，撕裂了她的身體，每一個碎片永恆地變成這魔窟旅館的一小部分，當這樣想著的時刻，無可遏抑地，她尖叫起來，狂亂地，用盡身體的力氣，可怖的尖叫聲，或許已經環繞整個旅館，她不在乎，任何因此可以得救的徵兆，即使黑洞中發出一絲微光，都是激流中的浮木……。

一分一秒過去，將她壓下的濃霧，重量逐漸減輕，蟲鳴與尖叫似乎吸走了霧氣，腳下的泥土擋住她的下墜，變得堅實起來，前面竹林的風貌映襯在路燈下，「啊，竹林，」形貌越來越清晰，即使在暗夜裡，只要開始有光，辨識的能力又恢復起來，那個先前與自己的男人走過的地方，即使是相反的方向，也留下似曾相識的幾分熟悉，竹葉飄動摻雜著遠方的燈光，她穿越每一片搖晃的竹葉，時間與腳步同時加快，她踏過的足跡，留下唰唰的響聲，她拉開眼睛的面積，之前曾看見的招牌「魔窟風呂旅館」依稀可見，和旁邊矗立的憤怒神像。

等她穿過「魔窟」兩字，她的男人在幽暗的光影中現出輪廓，像是從霧裡走出的人物，兩肩都還承載著霧的迷濛重量，讓他看起來既眞實又夢幻：「原來妳在這裡！妳說要去洗手間，我等妳等了一個小時，後來到處找妳都找不到……」他滿臉的汗水，應該是註解了著急與不安，女人這樣解讀著那些表情的意涵。她已經徹底忘記先前盤據在腦海裡的「這可能是兩人關係旅程的終點」話語，在他的眼眸裡，她看到了黑暗中上下翱翔的螢火蟲。

4

月光依舊伴隨枯山水庭園的落地燈，穿越和式紙門，蔓延在榻榻米上。日本男人繼續打鼾，輕輕晃動了紙門。台灣女人眼睛望著天花板上的和式燈，上面畫的竹葉，在微光中像是幾片黑影，她無法入眠，卻屢屢聽到自己猶如熟睡的呼吸聲，與男人的鼾聲交錯著，彼此的呼吸也開始釋出夜晚的渾濁味道。幾次轉動眼睛的過程中，她意識到自己下半身又累積水的重量，一想到「洗手間」三個字，手心流了汗，晚餐的情景盤據腦海，無法起身。

等女人不得不撐起自己的身子，乳房又從鬆塌的浴衣裸露了出來，少了紅色胸罩，立體的身材仍在幽暗中滑出影子，她看到自己雕像般的身影隱約倒映在榻榻米上，托起質感堅實的乳房，將她們放回浴衣裡，起初渾圓的乳房好像抗拒著柔順地回到衣服裡，幾次又脫身出來，上下晃動，她想著，如果不是男人已經打鼾，她很想再度跨過他的肉體，但多看了男人一眼，他的浴衣同樣也鬆脫了，露出平滑的胸膛，不均勻的呼吸此起彼落。「讓他睡個好覺吧。」帶著這樣憐惜的心情，她打理一下浴衣，繫緊了綠色腰帶，打開紙門，準備往洗手間走去。清晰的「洗手間」的指引箭頭在前方的樓梯口出現，她鬆了口氣，循著箭頭的方向走去，那裡有個旋轉樓梯，漩渦狀地逐漸往下一層樓去，她試著讓自己穩健踏著每一步，深怕又如晚餐的情景，在前往洗手間的路上迷失了。每一次木屐落地的摩擦聲都落入自己的耳朵裡，還有回音，蟲鳴聲還替摩擦聲打拍子，這次她很快看見了日語的「便所」兩個字，徹底呼出了一大口氣。

「便所」裡沒有馬桶，是蹲式結構。造型古典的鏡子，在打開門的剎那，發出一道閃亮白光，將鏡中映照的容顏，補足了亮度，在這夜裡，自己竟然看起來神采奕奕，她對鏡中的影像回應了一個微笑，順便檢視自己的面容，鏡子旁的小花瓶裡插了幾朵剪裁過的椿花，散出清淡的香味，她分開了兩腿，小心把浴袍拉了起來，纖細的小腿裸露出來，心中突然升起一股對自己的萬般不捨。分開兩腿的動作，讓她浮出先前幫男人按摩的姿勢，還有後來自己撲空、被男人拒絕親吻的畫面一個接一個重演了一次。「我值得被愛的，不是嗎？」這是她在心裡呼喊了幾千遍的話語，她對男人不願互相親吻的事實，充滿疑惑。

女人的長髮披散開來，有些散到浴衣裡，與乳房有了接觸，她想像那是男人用指尖輕觸了乳頭附近的肌膚，然後用手指握住一撮頭髮，在乳頭上摩擦。進到便所前，她換上裡面的拖鞋，擦上紅色指甲油的腳趾，油亮亮在幽暗的燈光下釋放出某種渴望的氣息，她發覺夾在浴袍裡的頭髮，已被身體的汗水全沾濕了。

走出洗手間，換回原來的日式木屐，回到剛才那個迴旋樓梯，腳趾上的紅色指甲油亮光閃爍，在昏黃燈光下，有種提振腳步前進的動力，推動她繼續前行，之前下樓時感覺只有一層樓高度，現在上樓時好幾次估計已經走到出口了，卻未見任何出口標示，反而木造迴旋梯，隨著木屐踩踏發出嘎嘎聲，產生輕微搖晃，她有暈眩的錯覺，彷彿即將掉入旋轉處的三角形缺口，跌進萬丈深淵。數次的大角度轉彎，心臟送出難以負荷的訊號，她必須隨時停下來，嘴巴大量吐氣，再吸入空氣，在安撫心臟的時刻，抬頭往上，閃爍的星斗浮現，這迴旋階梯沒有屋頂，垂吊在半空中，「這是自己的錯覺嗎？」隱藏的驚慌，晚餐時走入無邊黑洞穴的情景再度浮現。

一段時間以後，當她抬頭，一個出口的箭頭清晰出現，她驚呼一聲，一踏入平面的地板，就感覺和剛才腳踏在迴旋梯木板的暈眩感不同，現在的木頭材質，散出木頭獨特的芳香，踏上去後有種沉穩感。瞬間她發現，前方竟然有一對男女頭部交纏，男性低下頭而女性微微踮著腳尖，兩人的嘴唇已經含在彼此的嘴裡，在這靜謐的夜晚，唾液交換的摩擦聲，清晰流淌過來，她張大眼睛，眼前的女孩神似自己年輕時的背影，頭髮的長度也和晚餐看見的酷似她自己的鄰桌女孩完全一樣，女孩的頭髮此刻已經完全披散，有些夾在浴衣裡。男人的臉稍微轉到這邊時，女人從身高與髮型研判，站在那裡的男人，雖看不見整張臉孔，側影卻十分熟悉。

然而，女人從樓梯口的突然出現，完全未影響到那兩人的交纏，好像一生只允許發生一次的「一期一會」，錯過了就從此失之交臂，女孩的下唇忽隱忽現，男人小心呵護那片細緻的肌膚，調整身體的柔軟度。女人只是站在那裡觀看著兩人，她夜以繼日所渴望的擁吻，此刻轉移到晚餐那個與自己年輕模樣相似的女孩身上，彷彿自己的身體也感染了同樣的觸覺，體熱從遠距離傳送過來，她想像男人的指尖輕拉自己的唇角，微張的嘴巴寬度正好容納男人的舌頭伸進，唇瓣濕潤，順利迎接舌頭的滑動，口腔裡彼此交換液體，那是兩人共同承諾的禮物，別人永無法取代的私人信物。還有，男人鼻腔呼出的氣息，帶著陽光穿透鑽石的剛強力道，她確信那是男人因擁有正直性格而顯現的獨特味道，伴隨夜晚的月光，攜來幸福的訊息，她彷彿聽見守護神的貓頭鷹從樹梢那端送來呼吸的微風，與風同時湧動。

旁邊一株人造櫻花樹，開滿了粉白色的櫻花。

男人濕熱的唇瓣像櫻花的花瓣，帶著邀約的姿勢，準備要靠近任何一個知道美之爲何物的欣賞者。在靠近的刹那，他舌頭的溫度同時蔓延開來，是蠕動的春蟲甦醒了過來，把體溫帶給了雪融的大地，枯枝長了新芽。

女人感覺也有一隻手臂，環繞著她的身體，另一隻手上下撫弄她的長髮，猶如父親送來安慰，有時手進一步撥開頭髮，又繼續往別的地方探索，幾次她的浴衣被拉開，熱流衝上被掌心握住的乳房，一種被疼惜的充盈感從胸口源源不斷湧出，她開始無法遏止地啜泣起來。

她試著用腹部的力量遏止哭泣，或用屏住呼吸的方式，把那些聲音吸回去，但越是想要壓抑，反彈的作用力越大，四周被啜泣聲喚醒，那棵櫻花樹的花瓣似乎也微微震動起來，當她用手掌壓住快速起伏的胸口，聲音從四面八方滲入這旅館所占據的空間。

兩人當下的專注，逐漸被微細而擴大的啜泣聲打斷，彼此的唇瓣互相離開了對方，雙眼帶著驚恐搜尋聲音的來源。女人瞬間從唇瓣被吸吮的幸福感裡，感受對方的唇瓣已經抽離開來，望著兩人對她的凝視，隔著距離，男人的臉孔依稀仍可辨識，「啊，那應該是自己的男人！」遠遠看見他那雙迷濛的大眼睛，那麼神似的臉孔，此刻卻離她有如星球般的遙遠。

她趕緊以右手摀著嘴唇，止住哭聲，害怕自己的臉孔會被辨識出來，迅速轉身，往相反的方向走，但前方只有迴旋的樓梯，她無從選擇，只能踏出腳步，再次感受輕微搖晃的木板，在無邊無盡的迴旋裡，發出嘎嘎聲，然後響聲推她從迴旋梯的缺口下墜，在全然的暈眩裡，她無從站穩，低頭往下看，依舊是滿天的星斗，迴旋梯下是漏斗出口，連接到宇宙的盡頭⋯⋯。

持續邁開腳步，雖然腳底總是充塞著踏空的虛渺感，好幾次看見擦上紅指甲油的腳趾，在宇宙間蠕動，「自己一直努力活著，是不是？」她摸摸自己的胸口，確認自己還呼吸著，眼裡湧出了淚水，那樣的聲音從遠而近，她知道即使下墜到底，肉體也不會支離破碎，於是她再次換了方向，重新往上攀爬，一次又一次，螺旋階梯上方依舊顯現無垠的星海，殘存的星光送來微弱的吶喊，她喘息著，努力拉著浴衣，提醒自己不要被絆倒，無論如何，她相信宇宙方圓內一定有出口，她一定能再看見「出口」兩字。

頭上的點點星光，朦朧中沉澱下來，樓梯的上端通向先前熟悉的場景，她又回到剛才經過的路徑，想起在踏入迴旋階梯前，曾見左邊一幅畫，當時並未仔細注意畫的內容，現在她停了下來，駐足畫前，裡面一棵大的櫻花樹，恣意奔放，綿密無縫守護樹旁一對男女，他們面對面，彷彿在對話，畫下一行小字：「昭和十九年四月，櫻花盛開時。」盯住畫面，她的眼珠幾乎沒有移動，有時錯覺似地，她走進一片櫻花林。

全然忘記流走多少時光，她逐漸想起自己爲何立足於此，重新邁開腳步，才沒幾步熟悉的和式紙門已出現眼前，一棵枝葉茂密的松樹畫在紙門中，樹幹挺立，旁邊滿是飛舞的螢火蟲。打開紙門，男人並未躺在榻榻米上的白色床墊，綠色棉被已掀開，女人剛喘口氣，才坐下來，傳來紙門滑開的聲音，男人看見女人的臀部壓住整個枕頭，外面的光線映照她有些失神的臉龐，他以從未有的溫柔聲音問：「去上洗手間了？」然後補充一句：「我剛才也去了。」男人的浴衣帶子依舊未綁緊，結實的胸肌部分暴露出來，女人從自己的角度看過去，男人的身材比過去更形高大。

「我過來和你躺在一起，好嗎？有點害怕。」

男人點頭，伸出手臂，女人的頭壓了上去，雖然比枕頭堅硬，但長度更長，頭可以自由轉動。綠色的棉被面積巨大，彷彿把兩人包裹進一片草皮，男人很快呼出了鼾聲，女人始終睜著眼睛，不忍睡著，她想要清醒品味兩人如此靠近的時刻，重新傾聽兩人呼吸如何交錯，即使呼吸味道仍帶著夜晚的渾濁，兩人交融過後的呼吸味生出新的質感。

昨天傍晚，兩人各自到男湯與女湯泡溫泉的情景跳了進來，女湯裡沒有任何其他人，她裸體躺在黑岩石上，刻意抬高上半身，讓闊開的乳房重新歸位，自在敞開在嵌燈下，那些嵌燈巧妙鑲在上方的岩壁裡，昏黃光線浮在冒煙的溫泉上，迷濛中她全身放鬆睡著了。

離開這家風呂旅館時，女人特別又看了旅館的匾額招牌一眼：「魔窟風呂旅館」，旁邊憤怒尊的神像，雖然仍帶著十一面觀音像中瞋怒面的神韻，等她將焦點轉到眼睛，已經找不到京都東寺的持國天王憤怒睜大的眼睛和奈良吉野山密佛金剛藏王的粗大眉毛的神情了。男人拉著她的手，彷彿昨夜未曾發生任何事，他們準備離開此地了。「很特別的風呂旅館啊。」他說。

「等等，我想回去問一下旅館女老闆一個問題。你在這裡等我。」女老闆看見她回來，又鞠了一次躬：「還有什麼事是我能爲妳效勞的嗎？」

「這家風呂旅館有多少年歷史了？」

「從大正元年就開始了，昭和年間重新整修過，但許多結構在戰爭中破壞掉了，到了平成年代在原有的架構中重建了。」女老闆指著她後方的照片，說：「妳看，這是昭和時期的風呂旅館，和裡面的建築樣式。」這三張照片，昨天在入宿時，女人完全沒注意到。她靠近照片，裡面餐廳的擺設和二樓的裝飾，和她昨天兩次迷路後看到的景象一模一樣。

走出魔窟風呂旅館，室外陽光灑滿整片空地，原來這個旅館坐落在人煙稀少的郊區，偶爾點綴幾個遠方的人影，初春的稻田蔓延將近一公里，稻田旁的小水道裡，一顆看似黑色大石頭的東西緩緩移動，女人靠過去後，高分貝呼叫著：「你看，地上有一隻蝸牛！」她蹲下身子，仔細端詳了那隻蝸牛，雖然背負了重殼，仍然以一種自己的速度向前移動，殼旁的影子也悠閒地跟隨著。一道陽光特別明顯地從溝中的水波中反射過來，在京都火車站和自己玩的遊戲這時無預期跳了進來：「如果他在買到票之前，回頭看了我一眼，我願意繼續這個關係，否則，這趟旅程將劃下終點。」她重新喚回當時的場景，仔細回想男人是否曾回頭看她一眼，但她找不到關於男人回頭的任何畫面。「那麼，我要對這男人說再見了嗎？」

站在前方等她的男人正好回頭看她：「問了問題了嗎？」在四月陽光的照拂下，那張臉孔的嘴巴旁的小痣，跟著嘴巴被微笑拉開了面積。

「對了，在那等待的過程中，有通手機電話進來，也就是那時我低了頭，或許那時他回頭看了我一眼。」台灣女人給了自己這個理由，然後蹦跳了幾步，往日本男人站的地方，跟了過去。

光影菓子鋪的紅龜粿

1

郭春語走進一家喚名爲「光影菓子鋪」的地方，門口出來一位女士準備接待她和身旁她稱之爲「影子」的男士。

整座菓子鋪四周，瀰漫煙暈氛圍的紅光，女士的臉龐也被紅光滲透，模糊了面容，乍看像個矗立的人偶，髮鬢隨風也染上色澤。春語滿是疑惑：「怎麼會在這個地方？」

大約一小時前，那輛機頭斑駁的摩托車依舊停在門口，臨走前她多看了辦公桌上散亂的紙張兩眼，上面寫滿關於糕餅業發展的文案，她刻意放了兩顆蘋果在桌角，提醒自己不必太緊張，尤其是今天。牆上才剛貼上以貓頭鷹形狀製成的麵包巨幅照，那是她親自設計的，紫紅色澤蔓延了整個房間，連錶都沾上了顏色，五點，一個念頭倏忽閃過：「回家就繞個不同的路吧！」

出發五分鐘後，她的思緒仍縈繞那些文案的文字，一個瞬間變化的紅燈，冷不防擋下了她心不在焉的摩托車，緊急的煞車讓她的車頭轉了大彎，滑進一條陌生的窄巷，本來她想把車頭重新轉正，但早春的晚上突擊似的，五點多的晚霞消失，猛然就在轉角處，從反向駛來的紅色汽車突然射出一道強光，逼她張不開眼睛，那一瞬間，她的機車頭失控，急速撞向汽車，臉上的眼鏡甩出去，重力加速度快速降落在附近的水泥地上，清脆的破碎聲融入黑暗的夜色，只看到一個影子走下車，用力拉住她的手臂，帶著有點責備又緊張的口氣：「小姐，妳沒注意到是單行道嗎？」「喔？」她用沾滿塵埃的手指摸到膝蓋擦傷的粗糙皮膚，急著蹲地搜索掉落的眼鏡，身上沾了更多的泥土，那個影子趕緊拉她起身，壓低聲音說：「妳眼鏡的鏡片全碎了！」

近視高達一千五百度，如今要看到任何影像，眼睛必須瞇成一線，只有微弱的光線穿過眼球，身體被吸去光線後，感覺很輕飄，連背脊都有變薄的虛幻感。「我把摩托車先放到路邊，妳坐上車子，我們去找眼鏡店，先去配副新眼鏡。」車子在巷子裡重複繞行，春語直覺他們雖然離剛才相撞的巷道不遠，卻是偏離了某種航道。「這裡過去在日治時代是棋盤式的街道，很好找路，現在沒落成老社區，路越來越小，很黯淡的感覺。」

大約十五分鐘後，眼鏡行老闆對春語說：「大約需要四小時。」

「四小時？現在的科技需要這麼久嗎？」

「我們這家是老牌的店了，已經快是百年老店了，仍沿用過去的手工製造鏡框，至於鏡片也是細緻的手工精磨。我們才不管現代的最新科技。」老闆是另一種款式的影子，比撞倒她的影子先生更寬更高，她的耳邊響起某種聲音：「或許老闆的手有種魔力，就等等看吧。」

「這裡有個備用眼鏡，是我們讓等待的客人戴的，度數不夠，但應該滿好玩的。」老闆的影子跳動幾下，他的手勢推進過來，春語接過一副帶著某種說不出什麼具體重量的眼鏡，卻紮紮實實讓手心產生溫熱，也擠出幾滴汗水，她緊握住鏡框，怕從手中滑落下去，那時體內又升上一股熱流，朝她的耳朵流竄，等她小心翼翼用兩手把鏡框搭上鼻梁，那裡也湧起暖流，往眼窩擴散，在依然冷冽的初春裡，她突然有了衝出這座建築的衝動，想讓冷風平衡身上因熱所生的蠢動。影子跟在背後，用迎著空氣的聲音大喊：「彌補我的過失，請妳吃個飯！」一走出眼鏡行，四周已經披上了紅色流光，水波狀在眼前滑行，這個影子口中的沒落社區，爲何眼前有座相當摩登的古老建築，矗立在星空之下，影子興奮大叫：「妳看，這裡有一家『光影菓子鋪』！」

手製玻璃鏡片繼續泌出流光，切割畫面，重塑世界，門前的招牌看似漂浮在建築物旁的綠色小樹上，整棟樓房被透明紅光包圍，門口吊的紅色燈籠裡面的光會轉換顏色，時而變紅，時而變黑猶如隱形。整棟建築物模仿京都式的傳統木造房子，要爬幾個石頭台階才能進到屋裡。一位穿著紫色和服的中年女士瞇眼迎接春語與撞倒她的男士，留著昭和時期流行的髮型，舉止特別緩慢，她讓人感覺有點是裝飾在門口的人偶，對著所有的訪客做出同樣的微笑。

「小姐和先生，我們的店才剛開幕不久，第一次來我們店裡吧，能進來就是有緣喔。」中年女士的聲音彷彿從音樂盒裡出來，粉紅色的指甲油在光影下漫開到手指。

「你們可以選和菓子加京都抹茶，或是台灣的傳統糕餅配上好茶，推薦你們杏仁糕加上凍頂烏龍茶。兩種都是手工製作的，口味非常特殊。」春語從眼鏡框看出去，女士的假睫毛、白皙膚色與紅光混融後，像是瓷器上的仕女圖，永恆的凝結，她想到辦公室裡她從家裡帶過去的那尊穿著和服的女人偶，彎腰淺笑，用和服的袖子遮住了笑容，要從某個特殊角度，才看見上彎的嘴角。

春語環顧四周，注意到這座京都風的菓子鋪的牆壁上掛了多幅黑白的巨型照片，裡面的人物遠遠注視著他們，每個人的眼睛裡好像藏了一個眞的眼珠。

「真的很對不起，沒想到他們沒賣晚餐。不過，妳感覺如何？這個店讓我有點懷疑自己是不是在作夢？」影子說。

說話的空檔，春語第一次有機會將視線對準眼前的男士，但也刻意讓眼神放空，要看起來不是那麼在意，有點酷意，但又朦朧的，這是她的策略。「反正，與影子說話，不必太緊張。」耳邊聲音輕輕跳出。

「生命中有時會遇到不可預期的事，都是我們無法控制的。不過真巧，這種店就算妳想要特別找也不一定找得到。」

「嗯，」春語輕聲回應，這次她正面多拋出幾次目光後，加上眼鏡的光暈搖晃，對方的臉被幾道流光穿過，她眨眨眼，眼前的影子的臉形被光雕塑了出來，怎麼看起來竟是「阿俊」，突如其來的顯影讓她怔住了。

我捏捏自己的皮膚，確認自己不是在夢裡，爲何在這裡會遇見阿俊？阿俊的名字和人並不完全相符，五官分布平均，但枯瘦，兩眼凹陷，把五官的平衡歪斜了。看到他時，總是看不到眼珠子。但只有一次，阿俊正在幫忙母親搓揉紅龜粿，他的眼珠不但清晰可見，還擴大了面積。是的，他在幫忙，左手放在母親托著粿糰的右手，手指對著手指，那片小粿皮消失在兩片手掌的中間，它有點黏又不黏的特質有節奏地連結兩片掌心，每當手指彼此遠離後，又逐漸靠近回來，那是兩片書頁，翻開後分離，蓋上後緊密重疊，相同的韻律不斷重複著。

「妳的手心越來越溫熱了。」

小學六年級某天，我比一般時間提早回家，從後面的院子進門，快步穿過後院的紗門，母親還在忙著準備各式各樣的糕餅，附近的廟宇經常舉辦廟會，需要許多壽桃、紅龜粿、綠豆糕等祭神糕餅。雖然家裡請來了阿俊當助手，母親總是忙不過來，汗水經常滴到飽滿的紅餡上。

但，輕輕推開那道把工作地點與臥房隔開的門，眼前出現的是兩雙交疊的手，也許是粿糰的紅色澤反射，媽媽與阿俊的臉頰和那樣的紅顏色呼應著。

母親將刻有龜的木模塗上花生油，紅餡輕輕壓入其中，她的手指壓著質地柔軟的餡，讓它能貼合地接收來自木模的龜形狀，阿俊這時走到媽媽對面，雙手的手指反方向壓在母親的手指前半段上，幫母親在木模上施力，是的，有幾次前後搓揉著母親的手指，彷彿捨不得那麼忙碌的雙手甚少得到休息。

我躲進了門裡面，一小時後才出來，那時候紅龜粿已經在蒸籠蒸過了，共有二十片紅龜粿平躺在那裡，香味從粿皮的毛孔散出，母親看到了我從後門那邊過來，驚訝地出現了奇怪的表情。

2

女士送來了鳳梨酥加茉莉花茶，春語這才將注意力轉到女士的紫色和服上，裡面由六瓣櫻花排列成大圓的圖像，幾乎複製春語家裡那尊女人偶的衣服。當年日本人在台中開了三條人工水道，模仿京都的鴨川、桂川、高野川，台中變身為「小京都」，當時她的曾祖父託人去京都買了一個女人偶回來，一直放在櫥櫃裡。後來春語把女人偶從老舊的櫃子移出，擦拭灰塵，帶到辦公室去，放在玻璃櫃中，裡面可以打開開關，紅光水流似地漫開。

「外公外婆一九二〇年代移民到台灣，媽媽算是台灣出生的日本人，也就是『灣生』。其實，這房子是模仿一九二四年造的菓子鋪外型，在同一地點重新蓋的。一九三五年，那間菓子鋪遭到雷擊，整個屋子的一切都燒得精光。也就是我外公外婆所有的一切都付之一炬。」

女士配合和服裹緊身段的節奏，緩步趨前往牆邊的一張照片，指著照片上的人說：「這是我外公外婆。」

春語與影子被女士的背影閃爍的力道召喚，無意識跟著起身，湊頭過去看照片，那些照片中人的眼珠，射出強光，讓來者無法逼視，春語瞇著眼睛，看著照片下模糊的說明文字，忽然大聲說：「這是我舅公謝益堂先生，怎麼也會在這張照片裡？」

攝於一九三二年，右起赤坂太郎和妻子、合夥人謝益堂先生、助手林信洋先生。背後的建築是「明月菓子屋」。赤坂太郎來自被海浪聲環繞的四國德島，世代從事漁業。當地生活不易，一九二八年赤坂太郎和他的妻子初次看到台灣的地圖，南國的椰子樹與豔陽呼喚著他們的靈魂。

旁邊另一張照片主題爲「新富町」，一條長街和連綿的新建築。

赤坂夫婦選住在「台灣京都」上的新富町，經過評估，打算經營前景具有無限潛力的菓子業。當時，台中的菓子屋開始販賣融合日本與台灣特色的菓子，你的舌尖感受到味道了嗎？

驚叫了幾聲後，春語拍拍臉頰，「我走進了夢裡嗎？」她捏了幾次手掌的皮膚，感覺到痛，女士的五官雖藏在濃裝下而形似人偶的面容，但眉形的細微變化又清晰可見，她消失數分鐘後，捧著牆上巨幅照片縮小版的《光影菓子鋪的照片說明集錦》，又從光影中現身，聲音好像從遠方傳來：「我外公外婆找到新富町上的謝益堂先生，雙方都想開設一家與眾不同的菓子屋。『明月菓子屋』在雙方的期盼下，正式開張。」

影子不但沒有驚叫，反而以平穩的口氣接著說話，「對，對，我知道『明月菓子屋』的歷史。當時開始流行日台合作。一九二〇年代，首次出現『台灣製菓株式會社』，由十二位住在台南的日本人組成，他們製造具有台灣特色的菓子，材料選自台灣本土的香蕉、鳳梨、龍眼。這些菓子在台中的店家販賣。」

「是啊，外婆常說，那是段特別令人懷念的時光呢！如果不是雷擊，美好的時光可以久留一些。我總想像一道強光，唰一聲從天而降，落在屋瓦上，屋瓦瞬間燃燒，火勢蔓延迅速，天邊盡是紅色的火團。」女士接著說。

這時，影子的臉孔脹紅，瞬間從剛才的平緩聲調轉爲高亢而些微顫抖：

「不，不，明月菓子屋起火燃燒的原因，有另一個故事。」

「哦？」女士也提高了音調，而春語不自主開始發抖，逐漸感覺耳朵孔被塞住，聲音模糊。

「當時，純日式、純台式、台日混合式的菓子販賣方式並存於鬧區上，競爭激烈，走台日混合模式的挑戰度最高，創新的口味，結合台日糕餅優點，經過漫長時日的嘗試，明月菓子屋推出『香蕉桂冠』，香蕉的船形外型和味道置入底層，再淋上巧克力與數種和式菓子的口味，一艘氣勢磅礡的海船在桌上啓航，菓子銷售冠軍的頭銜傳遍大街小巷。」

「鄰近的菓子鋪嗅到香蕉船掀起的波浪，陸續推出類似的產品，其中一家營業規模中等的『新勝菓子屋』，投入巨資推出『香蕉皇冠』，希望能瓜分到市場，但明月菓子屋打出『正宗口味』的口號，新勝菓子屋的新產品淹沒在浪潮裡，損失慘重。」

影子突然發出巨咳：「新勝菓子屋派人在夜裡點燃幾把火，加上他們心中的嫉妒之火，」影子越咳越無法控制：「明月菓子屋就在月光與星光下，燃起了熊熊火焰，新勝菓子屋的怒氣轉變成風，煽動火勢，於是星火燎原。」

「啊，怎麼可能？」春語想要尖叫，喉嚨卻被鯁住，只有重複張口的動作，卻沒發出任何聲音，她心想，她聽到的另一個版本，深埋在內心深處許多年了。那是新勝菓子屋的人，眼看明月菓子屋的香蕉桂冠航向四方，自己的香蕉船卻原地滯航，於是他們開始散播一種耳語：「赤坂妻子在製作『香蕉桂冠』的香蕉底層的餡時，合夥人謝益堂告訴她要如何做才能將最佳味道做出來，兩人的雙手同步搓揉菓子餡。」

她聽到的版本中，耳語猶如石頭丟入湖裡，漣漪散開，消失後另一顆更大的石頭投來，最後湖裡的水波無法平止。有人說赤坂先生放了火，那樣他可以抵銷心中的怒火，有人說謝益堂放了火，那樣大家可以轉移焦點，有人說其實是赤坂夫人放了火，那樣她的生命可以重新來過。

「總之，明月菓子屋在一夜之間，化爲灰燼。」影子用盡全力清他的喉嚨，以極大的分貝吐出暫時的結論。

「沒聽外公外婆說過關於新勝菓子屋的任何事啊，不過幸好照相館保留了底片，這張照片才得以留下來，留下明月菓子屋的身影。」從側影望過去，女士的眼角似乎溢出幾滴淚水，停留在眼眶。

女士的每個舉動幾乎都帶著感染的魔力，春語莫名地也從眼眶流出淚水，而且無法止抑，好像那些淚水已經躲藏太久，被某種力道召喚出來，她隱約覺得是那副眼鏡，從鏡框射出的光芒，把環境中的氣息攜帶回來，重新注入配戴者的靈魂。然而，經過淚水清洗的眼睛，卻能精準與舅公的眼神相遇，過去看過幾張黑白的照片，泛黃的斑點模糊了舅公的笑容，如今照片中的舅公年輕的眼睛深邃得有如原住民的輪廓，親切而攜帶陽光，「祖先曾和原住民族通婚的漢人，都擁有樂觀前進的先天性格。」耳邊的聲音再度出現。

春語的淚水讓她的面容如雨後的大地，清澈而掃盡塵埃，突然有股脫去重擔的感覺，投射在女士身上：「妳的臉孔和外婆很像，是不是？」

「很多人都這麼說，但我覺得外婆比我美麗多了，或許是她到台灣後感染到熱帶南國的氣息，日本女人的神祕一旦加上了熱情，會是綿延的溫泉讓人流連忘返。」女士此刻脫去人偶的固定微笑表情，浮出眞實的魚尾紋。

「那樣的神祕美，南國的男人更能從視覺嗅覺聽覺感受出來吧。舅公必然在那樣的暖流溫潤下，做出最出色的菓子和糕餅。」耳邊的聲音輕輕浮出，火燒的第三個版本突然再度掃過春語的心頭，胸口的微慍，緩緩上升了溫度。她專注反覆看著舅公與赤坂夫人的臉孔，想要找到任何可以將兩人連結在一起的線索。影子拍了她的背，「看，這張照片很有紀念意味。」下面的標題寫著：「香蕉桂冠的滋味」。影子與春語一起唸出標題下面的文字：

當年菓子鋪推銷主產品的海報，照相師拍下作爲紀念。相片中的女嬰孩，笑開了嘴，她喜歡那樣的滋味。

「那是我母親的嬰兒照，這張廣告海報推出後，又增加了銷售量。嬰兒咬著手指，前面放著『香蕉桂冠』，當時的菓子業推銷的方式常把母親與嬰兒的關係帶進來。」女士說。

「妳母親哪一年生的？」

「一九三四年，明月菓子屋燒毀後的一年後。」

「房屋燒毀後，他們東山再起了嗎？」春語問。

「那是一段艱辛的歲月。」女士吐出了幾個字，然後沉入一段沉默裡。

春語也無法回應，鏡片看過去的世界總是回收對方的情緒，但影子卻不被拘束，他已經從剛才的巨咳恢復：「原來這張廣告海報裡的嬰孩是妳母親！我的檔案夾裡，也有這張廣告海報。來，過來看。」影子低頭從公事包裡拿出一本大的照片資料夾，很快翻到中間的某一頁，動作非常熟練。「妳們看！」

「眞的是這張廣告海報！不過你的這張色澤更鮮豔。」女士用食指，隔著保護照片的護墊，上下摩挲著女嬰，彷彿在逗弄著她。

「妳們看這張〈驛前通的繁華腳步〉寫眞」。影子又翻到另一頁，上面的說明文字，和這家菓子鋪的每張寫眞照片下的文案有類似的風格：

兩排最新日式洋樓建築的街道，當時台中最繁榮的街道驛前通，媲美台北榮町「銀座」。夜裡，你仰望天空，看見互相輝映的銀河了嗎？

影子這時瞇著眼睛，嘴裡說出遙遠的歷史，他不再咳嗽：「火燒摧毀赤坂夫婦與謝益堂先生過去幾年的努力，只剩他們各自居住的房子和少數的積蓄。赤坂夫婦找到驛前通上的一家日本人經營的菓子鋪，開始他們受僱的日子。」

「那，謝益堂呢？你知道他後來呢？」春語急切回應。

「他北上找到大稻埕上的傳統糕餅店，與他們合作開發新的糕餅產品。接下來幾年，謝益堂與合作糕餅店老闆的女兒結婚，生了兩男一女。」

「火燒之後，赤坂夫婦與謝益堂未再合作了，聽母親說雙方後來失去聯繫，他們……」就在女士開口說出下個字時，門口響起開門聲。

「對不起，我必須去招呼客人，等會如果有空再過來。」女士緩慢起身，輕聲說聲：「歡迎光臨。」

這時，影子的聲音突然壓得很低，又開始了間斷的咳嗽：「不是這樣的，不是這樣的。」

「你是什麼意思？」

「我告訴妳，謝益堂離開明月菓子屋後，與赤坂夫人至少還見過一次面。

妳先來看這張照片。」那張照片中壯觀華麗的歐式建築，猶如鑽石折射出光芒，光的熱度還傳到眼睛，讓春語必須不斷眨眼睛。

來，你現在站在一九三五年十月十日「始政四十週年紀念台灣博覽會」開幕當天入口處。請你來參觀台灣有史以來第一次舉行的博覽會，共有三個會場與其他分會場，台灣在日治時期的各種進步成果將展開，你準備好大開眼界了嗎？

「博覽會需要非常多人力，包括提供茶水與點心服務，許多菓子鋪或糕餅店也來幫忙，熱鬧繁榮的景象，是一場嘉年華會。」

接下來幾張博覽會在不同會場的照片或鳥瞰圖，是春語從未想過或看過的畫面，「原來在那個年代，台灣已經這麼先進與現代化。」

「是啊，這樣的場景曾在台灣的土地上眞實存在過。也就在那個博覽會上，赤坂夫人在糖業館那邊幫忙，正好巧遇來參觀的謝益堂先生。」

「那個會場那麼喧囂忙碌，能說上幾句話眞的很不容易，不過能在這種場合遇見昔日合作的夥伴，應該增添生命中的驚喜吧。」在說到「驚喜」兩字時，影子眼眸突然閃過幽暗的光，那是從他微縮的眉角透露的訊息，春語因爲當下與影子靠得很近，從光影中偵測到那樣的意味，也聞到矛盾衝突的氣息。

此時，女士在兩人不注意時，再度出現，笑出了梨窩：「剛才三個熟客人，說要來慶祝新店開張，已經把他們安頓好了。來，我帶你們看最後兩張照片，剛才你們還沒看的。」

照片裡出現新潮建築的咖啡屋，三層樓房與霓虹燈互相輝映。

流行隨流光而變。昭和時期開始出現大量的咖啡屋，蔚爲風潮，傳統的菓子鋪有些轉型成咖啡屋，聘用女給服務生。那裡，總是喧譁，想要聽昭和的歌聲嗎？

「我的外婆成了咖啡屋的女給服務生。昭和十二年七月發生中國盧溝橋事變後，戰爭的氛圍日益熾烈，不久總督府公布隔年元旦起實施燈火管制，娛樂相關的營業受到重大波及，外婆幫忙的咖啡屋也暫時歇業，全島人民處在戰爭一觸即發的備戰狀態下。」

「那一段歷史沉沒在沉默裡，一段漫長的歲月，男人準備被徵兵，民眾躲飛機轟炸，女人不知道男人是否可以安然返鄉的光陰中，因爲沒有被掛在牆壁的寫眞裡，變得遙遠而模糊。」三人翻到最後一張照片，標題爲「引揚」。

咖嚓，照相機複製了博物館的藏書中照片。「引揚」意味著，當時日本戰敗，所有的日本人，在碼頭邊，必須離開這塊他們以爲可以永久居留的土地。你看見他們眼中，南國的島嶼將成爲腦的海洋中，永遠飄動的船板嗎？

菓子鋪只剩下呼吸聲迎接窗外的月光。三人沉默了許久，這時每一個聲音，如果從喉嚨吐了出來，都會變成重金屬般，落了地後發出尖銳的敲擊聲。對春語來說，此刻有了時光的錯置，眼前的影子是她的舅公謝益堂，自己則是赤坂夫人。「妳要回日本了，特地再來看妳。可能是最後的一次見面了。日後請妳多保重。」「這是我做的紅龜粿，妳最愛吃的。」

在安靜的空間裡，另一對客人的開門聲，女士又重複「歡迎光臨」，身影消失。

「妳知道嗎？赤坂先生並未出現在『引揚』的隊伍裡。」影子幾乎以低的假音說話了。

「喔，難道他想把台灣當成永遠的故鄉？」

「沒有，他根本沒有從南洋回來。」

「他被徵召去當兵了？」

「沒有，聽說他自願去南洋的，聽說火燒後，他始終沒有放下對赤坂夫人的懷疑，他是懷抱著求死的心情往南洋的。」

「對赤坂夫人的懷疑？」

「有人告訴赤坂先生說看見赤坂夫人與謝益堂兩人在博覽會上見面了。不過，還有一種說法是火燒那晚，赤坂先生找不到謝益堂與赤坂夫人，赤坂先生甚至認爲女兒不是親生的。」

「喔，」我在心裡低吟，那個自己心中的菓子屋起火版本，是從父親那邊聽來的，那是父親自己的想像，還是其他原因？我閃過經常保持沉默的父親身影，他在講述那個火燒明月菓子屋故事時，口氣卻流利自在，變成另一個人。

他與母親彼此很少交談，我聽到的對話都只有和糕餅有關，他們忙碌著，日子隨著月曆頁數減少，發覺一年又消逝了。「難道在父親眼中，舅公是阿俊的投射？」忽然閃過的念頭，讓我身體打了哆嗦。

在看見母親與阿俊的那一幕後，不久就聽說阿俊辭職了。接著母親的身體開始不適，身體還輕微出血，調養了將近一年。等到母親再度回到工作崗位，先前看見母親在製作紅龜粿時臉上的紅韻消失了，反倒是蒼白的顴骨。

我想到，結婚前幾天，母親忙著搓揉那些粿糰，她想在婚禮上擺上一些紅龜粿，作爲吉利的象徵。她握住我的手說：「手越來越沒力氣了，感覺做不出以前那種力道的紅龜粿了。不過，妳舅公教我做紅龜粿時，常告訴我說手是糕餅的靈魂，我還是盡量讓手心的靈魂進去了。」

「以前，阿俊在時，那雙年輕的手，帶給我一種單純青春的喜悅，那種眞正活著的感受。不然，每天日復一日，即使再有力的手，也會失去靈魂。

妳走入婚姻以後，也要試著找到屬於妳自己感覺活著的方式。」

那晚，自己躲在房裡哭泣，拉上窗簾，月光與街燈都無法穿越那扇窗，這麼多年來，我以自己的方式詮釋看到的一幕，或許我眞的是錯怪了母親，母親只是以她能夠延伸出去的方式，爲生命增添一些色彩，讓那些色彩也能滲入所有的糕餅裡。

春語整個出神了，影子繼續說了什麼話，都從時光的流裡流走了，等到她回神，女士早已經在眼前，送來了熱茶。

3

「怎麼想回到台灣來開店？」影子問。

「經常聽母親說她父母親在台中經歷過的種種，那種感覺很遠又很近，來到當地才能重新品嘗幸福的片刻，了解親人就是了解自己。」女士說著，顴骨上的腮紅彷彿顏色更深了。

「總想到母親經常提到台中被規劃成『小京都』，綠川、柳川、梅川雖有了變化，至少還在那裡。每天，我如果有空，就對著客人訴說著故事，每重述一次，我就有新的觀點，那種感覺很微妙。」

「看起來，妳的家族與糕餅業有關，妳現在也繼承了父母的職業嗎？」女士問。

「以前與先生合力經營糕餅店，但後來先生發生車禍無法幫忙，店關掉了。之後轉成幫忙記帳之類的工作。每天上下班，也過了十幾年。最近才又換了新工作，開始幫大型糕餅公司作設計廣告或策劃展覽。」

「也曾想要重新開麵包店，但現在的糕餅製作已經有了新的向度，各式的做法推陳出新，自己一直沒有信心會成功。」

聽過母親在她婚前對她說的那一段話之後，她的手與粿糰觸碰時，開始感受到從各種粿糰的毛孔滲出的不同觸感，糕餅逐漸做出了口碑。但先生無預警發生車禍，骨頭從右膝蓋處岔出，傾斜的身體壓垮了雙腳，必須長期坐輪椅。糕餅店少了一雙精巧的雙手互動，糕餅的神色逐漸少了潤澤之氣，人氣終於萎縮。

多年來，第一次，她能坐在黃昏滲入夜晚的菓子鋪裡，讓酸甜的鳳梨酥觸到舌尖的時刻，全身的毛孔微顫，猶如過去她感受到粿糰的毛孔張開的觸感。她坐著，想透過手溫，與時光握個手，彼此的問候可以停格瞬間，透過射出紅光的玻璃鏡片，捕捉住影子先生的某些神韻，「他就是阿俊。」她喃喃自語，茉莉花茶沾到雙唇的剎那，帶著重量感的眼鏡看出的景象，竟然還有阿俊陷落在眼眶深處的黑瞳孔，被紅光團團包圍。

「來，你們繼續喝茶，我等會再送一個贈送的點心過來。」

女士一離開，影子立刻壓低了嗓音，「剛才的故事還沒講完，重點是，謝益堂先生終於能和赤坂女士在博覽會上重逢，他的心情非常激動，想多和赤坂女士多說幾句話，但是……」

春語迫不及待想聽下面的話，但影子重咳幾聲以後，暫停了幾秒鐘。

「謝益堂輕聲說：『這裡人多，到樓下入口處的左邊的那棵樹下，我等妳，有幾句話想對妳說。』他在轉角處等待，但赤坂夫人始終沒有出現，等到他回到剛才與赤坂夫人見面的地點，也不見她的蹤影。」

「爲何你對這整件事情知道這麼多?」春語追問了幾次同樣的話語，但影子每次在清了喉嚨後，彷彿要開始說話，但嘴巴微開以後，又合了起來。

「爲了林信洋先生，他是妳舅公和赤坂夫婦的助手，也是我父親的糕餅師父。」影子揉揉眼睛，血絲蹦裂開來，「他的後半生活在罪疚裡，在某個場合，他告訴我父親這個故事，要我父親一定要把眞相說出來。眞相是，林信洋先生看見新勝菓子屋的人在火燒後出現在巷子的轉角處，但他從未把這件事說出來。」影子吸了幾口大氣，「後來關於火燒，有許多傳聞，但林信洋先生始終保持緘默。因爲他心中戀著赤坂夫人，卻被嫉妒活生生折磨著。他還對赤坂先生說出赤坂夫人與謝益堂重逢的事。」

女士彷彿算準了出現的時間，總是在故事的轉折處打斷了兩人的對話。這次她帶來了兩片紅龜粿，放在青色的日式瓷盤裡，在顏色的強烈對照下，那兩片紅龜粿像是浮在翠綠海水上掙扎的兩隻紅龜。

「來，當作點心吃，我母親教我做的，她說外婆回到日本經常做給她吃。我想重新把這個糕餅變成店內的招牌，配上日式的紅豆餡。」

春語用刀叉切塊，用所附的瓷湯匙將小塊的部分放入口中，日式紅豆特有的甜味與糯米糰搭配後產生了有別於過去傳統紅龜粿的滋味，她的舌頭迅速辨識出新產品攜來的紅龜影像，因爲融入歷史的況味，舌尖敏感測出酸與甜交錯以外的微苦味，滲入被緩慢時間擠出的幾滴唾液。春語閉起眼睛，摘下那副攜帶光影重量的膠框眼鏡，放在桌子上。她的鼻梁開始感受到眼鏡增加的重量，鼻子附近的毛細孔，緩緩滲出了汗水。

「告訴我你的職業好嗎？」她刻意將聲音放得輕柔，想讓氣氛和緩，同時打開眼睛，但眼前的景物瞬間唰一聲消失在眼前，影子更是純然的一道黑影。

「我主修歷史，一邊寫碩士論文，一邊打工，幫圖書館整理文獻，透過文獻，同時可以多了解自己與自己的家族。」影子並未注意到春語的變化，繼續說話，但剛才透過鏡片的流光映射，滿屋的紅光已在縫隙中消散，春語只看到塊狀的黑雲，包裹住對方，同時黑雲也向自己的方向蔓延，她趕緊用手在迷霧中想找到那副帶著重量的眼鏡。她判斷剛才眼鏡的位置，應該就在不遠處，在桌面上以右手漫遊，在已經掀起的波浪中想要打撈那艘已經沉入黑色雲海的眼鏡。

「其實，父親生前把我叫去，說希望學歷史的我能替他的師父林信洋先生做點事。」

春語再度探索，砰一聲，剛才那個裝紅龜粿的青色瓷盤，墜落在地上，發出碎裂的清脆聲，另一道玻璃碎裂的聲音，緊跟在後。

眼前的一切眞的徹底消失了，只剩下烏雲在眼前襲捲而來，湧來又逝去一直重複著。在那之前，一切的事物美好到她不敢相信自己能擁有這樣的一段時光，五十年來，所有的生命碎片，都同時拼湊了回來，有了片刻即已俱足的輕聲喟嘆。

女士兩頰的梨窩也消失了，她那會波動的眉毛，隨著她的聲音，成了暗夜中顫抖而萎縮的葉片。

「走，我帶妳去拿眼鏡，以後還會有機會回到這裡。」朦朧中，春語彷彿感覺影子主動伸出手，拉著她此刻滲出汗的手，往一個自己抓不住方向的出口走去。屋裡所有的照片圍繞整個房間，猶如送行的行列，逐步跟著後退，這些剛才瀏覽過的畫面，裡面的人物或建築物仍然隨著光影調整他們的面容，留駐在那裡，聆聽兩人細碎的腳步聲，以失去眼珠的眼神目送兩人不可預期的離去。

影子帶她跨出門檻，踏在屋外石頭地板上，接下來是石頭台階，他們必須一步一步走完了台階，才算眞正走出這個菓子屋的範圍。早春殘存的寒氣爲四周點綴無數水滴，也輕輕滑上石階，兩人亦步亦趨，緩慢跨出步履，腳踝經常不經意互相擦撞，即使風呼嘯著，影子的熾熱手溫，一陣一陣傳到春語的身軀，讓她輕易想起背面是菓子鋪門前的紅色京都式燈籠，還掛在那裡隨風輕微搖晃，上面畫著一片紅龜粿，在夜空裡，為點點的閃爍星光增添一些色彩。

這只在風中搖晃的紅龜粿，是剛才春語與影子進到屋子前，看了一眼紅燈籠，卻只是驚鴻一瞥的畫面，在昏暗的燈光下，那樣的紅色與燈籠的紅色幾乎合而為一，甚至產生漸層的立體效果，向四周滲透開來，染紅了大地與天空。「我感覺好像有一片紅色的龜在我的背後搖晃。」春語說著。菓子鋪裡射出的亮光，蔓延到紅燈籠中的那隻紅龜，剎那間火花一觸即發，火苗飛奔，迅速竄燒了起來，千隻燃燒的紅龜，化做火球，向無盡處蔓延，無法遏止。「火又燃燒起來了嗎？」在逆風中她聽見自己用劃破喉嚨的聲音對著朦朧的天地一次又一次地嘶吼。

春語腳跟抽了幾下，全身痙攣似的，蜷曲後又鬆開，嘴邊幾滴口水從嘴角沿著下巴，脫離臉部後垂直墜落頭部壓著的雜誌上，那些黏稠汁液也沾到了臉頰，好像會耳語般，喚醒她昏沉的意識，她視線落在櫥窗裡的日本女人偶，那是每次工作完後抬頭最先會看到的影像。和服遮住的半個臉頰，好像是自己的半張臉。櫥窗裡的嵌燈發出紅光，水波狀圈住女人偶。

看錶，04:50，該是準備回家的時刻了，桌上散著幾本日本和菓子書籍，最近因爲趕著策劃「日治時期台灣的糕餅業發展」在博物館展覽，每天透過各種媒介搜尋資料、書寫文案，久坐後脖子僵硬，春語又看了那個人偶，脖子傾斜了四十五度。

她終於起身，眼睛瞥到三小時前隨手寫下的文案：

意外發現台中在日治時期是當時香蕉的盛產地，香蕉的滋味常在幽暗時刻飄進意識。你的靈魂升起無可遏抑的渴望了嗎？

桌上的兩顆蘋果與牆上才剛貼上貓頭鷹形狀麵包的巨幅照進入她視野，因爲貓頭鷹象徵日本的守護神，她特別設計這款麵包，並放置在展覽會宣傳海報的正中央。離開辦公室前，腦中倏忽閃過一個想法：「生日這天就繞個不同的路吧，不知道還能不能買到紅龜粿。」

「這樣的小轉變也算是爲自己慶祝生日了。」耳邊的聲音叨叨絮絮，聲音越來越嘈雜，催促著她從辦公室踏出腳步。兩小時前她才知道原來家裡旁邊的綠川，是一條日治時期開拓的人工河，每天下班後她的摩托車都沿著那條河，與夕陽一起沉沒在紫紅的暮色裡。

和服肉身

1

應門的是一位中年穿亮黃色和服的女性，眼部下方畫了細緻的眼線，對林竹芙深深鞠了一個躬：「初次見面，請多關照，我是霧島育子。」「啊，是霧島老師，初次見面，請多關照。我是林竹芙，真的很抱歉遲到了，這裡的住戶都沒寫住址，好難找啊。」額頭前的汗珠滴到眼睛時，她吐出台灣口音的敬語，同時注意到霧島和服上的竹子原本搖曳的姿態，有些欲墜的不穩，發出沙沙的低吟。

五分鐘前，額頭上的汗珠非常強勢，硬是從皮膚竄了出來，因找不到住址，在這個隱蔽的小巷中，竹芙心跳不規律的昏厥感襲來，手上寫著住址的白紙已經被她的手掌捏了幾次，縐褶清晰可見。

過於擔心日本的準時規則被自己打破，竹芙卸下鞋子後，腳拇趾往內緊縮，腳汗滲了出來。「來，第一次來放輕鬆些，大家都已經換好了和服，她們會等妳。」霧島盯著她的脖子看，竹芙從霧島那裡接過一個透明塑膠袋，打開後是一件粉紅色和服，點綴幾隻飛舞的蝴蝶，細看背景有模糊的櫻花陪襯，另外還搭配了一個橄欖綠的腰帶。她的眼神瞄過去，其他的女人都挺直背脊，撐開胸部的線條，和服彷佛要綳開似的，鮮豔的色澤還散出京都寺廟的沉香味。每人直視著她，眼珠蘊藏窺視的力道，彷彿瞬間可以褪去她的衣衫，讓她徹底赤裸。

「各位，這位是我們今天新來的同學，林竹芙桑。」霧島說完，其他的女性每人都鞠躬，竹芙又注意到她們的胸部跟著往前，乳房的形狀把和服撐得更開，幾乎下一刻就要掙脫出來。

「大家好，我是來自台灣的林竹芙，請大家多指教。」

「來，第一次我教妳如何穿，下次同學可以幫忙妳。」一邊說著，霧島已經熟練展開那件粉紅色和服，前後套在竹芙身上，在她面前將左右兩邊的布調到適當角度，然後左邊在上，整片和服的布跨過右邊。兩條粉紅細長帶子爲了繫住布的位置，很快裹緊她的腰身，她必須挺起胸膛，壓縮小腹，呼吸才能順暢，此時她感覺腰部產生細緻變化，當那個部位緊縮之後，身爲女人的意識提高，自然也把臀部緊縮，往上翹了起來。

霧島的身手矯健，很快地那條橄欖綠的腰帶，已經在繁複的步驟中，變成了肚子前的蝴蝶結，像是一隻巨大、翅膀點綴櫻花、準備起飛的綠蝴蝶。竹芙還來不及細看，那款蝴蝶結已經被移到背部，她從鏡子中，側身看那隻蝴蝶，緊黏在背部，彷彿她身上湧出了花蜜，吸引了那隻龐大的昆蟲。

「穿和服不是件容易的事，要練習好幾次，才能上手。沒關係，同學都會幫妳。」其他同學站在那裡等待，他們連凝視都呈現了一致的表情，竹芙再次湧出自己赤裸的影像。

同學們很快跪在地上，一把扇子放在前面，向霧島老師鞠躬，說些感謝的話語。這是開始上課前的固定儀式。同學站起來後，演歌的音樂同時響起，這些日本女人本能似地將扇子遮住臉龐，轉身九十度，若隱若現的白色襪子，摩擦地板，「原來她們都已經學過一陣了。」

「來，跟著跳，讓妳的身體跟上來，心也就跟上來。」霧島老師拿著精緻的日本扇子對著竹芙的胸口，扇子上的澄色混雜大量的金色，房間整個點亮起來。

當時在地鐵看到課程廣告時，腦海浮現兒時與父親一起看的日本電影中，傳統舞者身上的神祕氣質，厚重的白粉下，真正的面目有些朦朧，她想這樣的課程對她目前正在兼差的工作應該相當有幫助。

來自熱帶島國的她，被和服的腰帶束縛了腰部之後，感覺自己的意志受到衣服的制約，反而會幻化出某種過去無法滑出的舞步，腳下的布拉扯著她，同時腰帶的緊度，讓她覺得自己像個重新學習爬行的嬰兒，重新認識這個世界。

她亦步亦趨跟著，時而拿起扇子向前畫圓，時而轉動扇子，好幾次她的扇子從指尖噴了出去，墜落地面後發出碰撞聲，她尷尬重新撿起那把喘息的扇子，但其他同學彷佛一切都沒發生，繼續隨著歌曲的前進，身形緩緩隨腳趾移動，他們的和服搭載著肉身，在浮光裡漫遊，每把扇子展開後，都是一場夢境的蔓延。「我在水波裡嗎？」好幾次竹芙以為自己漂浮在池塘裡，身上和服的蝴蝶幻化成蜻蜓，準備再度起飛。

「來，把動作做出來，日本舞踊的精神藏在細節裡。到目前為止，妳們的細節仍沒有完全表現出來。」霧島的聲音保持一定的頻率，呼應她腳步的輕緩，卻中氣十足，對應拇趾的抓地。

「眼波帶動妳的眼神，所有的神韻都藏在眼睛裡，眼睛活起來，不能讓妳的眼睛沉睡，眼睛探看四周，卻不驚擾，連灰塵都可以平靜……」

其他的同學跟著調整臉部的肌肉，露出放鬆後的嘴角，但竹芙仍無法掌握要領，臉部的線條緊繃。

「來，用腳拇趾呼吸大地的氣息，每次的移動都要把重心下移，妳主宰自己的命運，猶如主宰著妳所站的位置。」霧島老師來到她的身旁，示範基礎動作，將上半身往後斜四十五度，展開特殊的弧線，身體向無限處延伸，「來，這時腳拇趾更要抓穩地板，就像是妳的人生，無論如何傾斜，妳的地盤仍然穩住，不會倒掉！」竹芙瞬間眼眶被淚水濕潤，閃閃發亮，「對，自己要穩住，不能垮掉！」眼前的弧度完全是個令人遐想的身姿，竹芙同時想到自己在眾人面前的裸體姿勢，此刻的霧島除了身著和服外，幾乎就是自己的化身了。

她短暫出神，強光打在自己裸露的胸部上，肌肉微微浮動，前面站滿正在素描她身體的學生，直接碰觸空氣的肌膚將在燈光下變成油彩不同深淺的區塊，她刻意在乳頭上塗抹茉莉香水，但香味在暖氣房裡蒸發得非常快速，她想學生雖無法把香味畫進畫裡，但總會有催化作用，或許使用了不同的色調來強調胸部的肌膚……。

她又聞到茉莉的花香，有些微醉，想模仿霧島此刻的角度，向後傾斜四十五度，卻沒站穩，整個身軀向後退了幾步，往地上重重蹬下去，她逐漸感到呼吸有些困難，眼前冒出了黑影，耳朵也被氣流堵住，朦朧中聽見同學驚呼了一聲。

幸好，那件和服的腰帶幫她擋住了與地面的巨大碰撞，只微微有些腰疼，她又站了起來，「啊，身體要多鍛鍊了，年紀輕輕的，這樣太禁不起考驗了，跳日本舞踊和練太極拳一樣，沒有人能打倒妳，只有妳自己。」霧島以元氣的聲音吐出每個字。

兩顆巨大的汗珠從竹芙的額頭滑下，緊身的和服催出她一身汗水，尤其與腋下接觸的和服潮濕了一片，擴散到連背後的那隻蝴蝶都濕了，重量加重了。

「去花園透個空氣吧，從這邊出去左轉，那裡可以讓妳鬆緩一口氣。」

「啊，」竹芙輕聲回應，她訝異眼前的霧島，整個容顏流露著慈悲，彷彿把自己擁在懷裡。

當竹芙跨出這間舞蹈教室，清風從眼前吹過，裡面的同學仍移動她們的舞步，竹芙依然感覺自己正褪去衣衫，裸露的肌膚與窗外的天空映照著對比的顏色。

穿上木屐，腳上的白襪滲出的汗水黏在木屐上，她聞到自己的腳汗味，不過一陣微風很快將味道吹散。木屐聲清脆著地，才幾個步伐，再往左轉個彎，眼前立刻現出了一片色彩繽紛卻又獨具枯山水風味的花園，五月的氣候仍遺留下許多紅色椿花，她也認得出旁邊種了幾株櫻花木，這時櫻花都已經凋謝，長出了嫩綠的枝葉。花園中有個小水井，水從一截竹片緩緩流出，竹芙因爲自己名字的關係，每次看到竹子，都會心跳加快，趕緊快步過去。

就在此時，一個影子閃過她眼前，起初她以爲是錯覺，再次眨眼睛，發現影子就在她附近，這個影子激起不尋常的心跳，猶如預示將有事情發生般，她的無意識被朦朧的水滴漫開，開始放大視野，搜尋影子的來源。這時，她的五種感官同時開啓，聽見風刷過葉片激起的閃亮感，注意到從竹片流出的水也透出了澄色的光影，聞到椿花叢誘發的香味帶點迷醉，連肌膚都感受到被花粉襲過的幸福滋味，混雜的感覺從胸口湧現，直入她的喉嚨，口中的唾液分泌了甜味。

「啊，影子就在那裡。」她看見了，從一株椿花木後面延伸出來。「形狀不像是椿花……」喃喃自語的她注意到影子會前後微動，形狀也有些奇特，於是放輕腳步，怕驚擾了那片影子，「說不定影子會突然消失呢。」她忘記剛才重摔在地時背部隱約的疼痛，用傾斜的身姿，逐步趨近那個影子，卻又拉開一點距離。

影子變得越來越大，她越小心不要踩到了影子。

瞬間角度的驟變，一個眞正的人出現在眼前，剛才被樹叢遮住了，竹芙被這完全出乎意料的景象震懾到，嘴裡的叫聲只到喉嚨就被壓下來了。一個坐在石頭上閉眼的男人，以打坐的姿勢前後輕微搖晃著，似乎是睡著了，但又有種隨時可能打開眼睛的警覺樣貌，光影落在他的鼻頭上，拉出了兩頰的陰影。

那一刻，彷彿喚醒竹芙第八意識裡沉睡的影子，這張臉的面容進到視覺的瞬間，她深埋在體內的各種光明與黑暗同時攪動起來，混沌不明的氣脈猶如迴旋的漩渦從底部上升，隨著秒的推進，灰濁的顏色逐漸褪去，眼前有種透明的光包裹著她。

眼前男人的臉龐，像極了她在畫上看到的佛陀與武士的混合容顏，看似睡著的神貌，安詳而不爲所動。鼻形又映出西方人高聳而狹長的山脈狀，厚的嘴唇彷彿訴說著他豐沛的情感流動在每根敏感的唇部神經裡。

竹芙想再多看一眼這樣的臉孔，但馬上意識到附近似乎有腳步聲靠近，剛才的放鬆感又轉爲緊繃，一時不知該將自己的身體放在什麼位置。一種突然撞擊的恐懼感，讓她害怕會驚醒眼前的男子，破壞掉剛才瞬間所凝聚的那座閃著光亮的魔石，魔石上坐著一位令人安心又迷惑的男人。

「竹芙桑……」，她好像聽見細碎的聲音從另一個方向傳來，她離開了幾步，又感覺捨不得，男人還是看起來像是打坐似的，眼睛沒有張開，她猶豫著要不要在離開前，躲在某處用小石頭丟過去，發出某種撞擊聲，看看是否可以看見男人張開眼睛的模樣，但她喜歡這種安靜的氛圍，在男人的影子前蹲了下來，屏住氣息，用手在影子覆蓋的泥土面積上，寫了一個「竹」字，然後轉身，迅速消失在這片光影交錯的椿花叢中。

「竹芙桑，今天的課程已經結束了。回家要多鍛鍊，年紀輕輕的要隨時傾聽身體的聲音。」霧島老師說話的同時，同學們正在脫去和服，換回原來的衣服。

「剛才妳的背包裡的手機一直響。」一位同學過來對她說。

「啊，眞對不起，我以爲手機關掉了，很抱歉打擾大家了。」竹芙從皮包拿起手機，裡面有三通來電未接，還有簡訊。

原來的模特兒今天臨時有事，今晚有空來代替嗎？五點前請回覆。

竹芙匆忙趕往畫室，因爲有些距離，她連晚餐都無法吃，就必須趕緊坐地鐵過去。今天爲了第一次的日本舞蹈課，特別到美容院梳個髮髻，「索性就直接穿和服過去那邊，說不定今天可以……」一路上她都打著如意算盤，「今晚算是支援性質，應該可以有不同的展現方式。」

2

畫室在京都東山區某個幽靜小巷子的二樓。竹芙尚未喘過氣來，已經有人來應門，是一個未曾見過面的、看起來已經可以歸類爲年長的男性，他幫竹芙開門後，禮貌式的問候：「初次見面，請多指教，感謝妳幫這個忙。」

竹芙瞄過去，老師與學生似乎都已經準備就緒，每個學生的畫架上已經貼上空白的大型畫紙，她開始擔心這樣的場景與她原本預期的不同，喘息著走去老師身邊，把老師叫到角落，小聲說：「今天可不可以不要裸體？穿著和服不方便立即脫掉，中間休息時間也不方便換裝。」

繪畫老師停頓了幾秒，嘴角湊到她的耳朵：「你今天很特別，或許對學生來說也是個特殊訓練，不過今天或許可以動作大膽些，穿著和服也可以產生裸體的效果，妳自己琢磨琢磨……。來，不會有問題的。」老師拍了她肩膀兩次，彷彿一切都拍板論定。

走上凸起來的木製檯子，那裡放個椅子可以讓她支撐力量，擺出各種姿勢，側邊矗立高架檯燈，整個燈泡正好懸放在頭上，有利於打光到身體的不同部位，一站到那個檯子上，竹芙馬上感受燈泡的熱度朝她的脖子襲來，尚未站穩就已經感覺汗珠快要從頭頸交界處滴出來，她脖子上那幾塊小的疤痕，每次遇熱就會輕微疼痛，但竹芙趕緊擺出第一個姿勢，兩腳一前一後，兩膝微觸，挺胸縮腹，身體傾斜四十五度，「嗯，帶點嫵媚邀約的神情。」她想起今天下午的舞步，學習日本舞踊能開發自己的肢體潛能，或許五種感官也同時被激發。這次她的腳拇趾已能與地面保持穩定的碰觸。

學生拿起炭筆在空間裡滑動，這個傾斜姿勢讓竹芙產生了信心，不像以前完全赤裸那種毫無遮掩的時刻，時而懷疑自己身上哪個部位多了幾條不協調的肌肉，也感覺脖子上的疤痕很想藏身，此刻她深呼口氣，打算再把胸部拉高，她斜出去的眼角忽然落在剛才那個爲她開門的年長男人身上，「啊，他也在畫畫！」

過去三個月來，她也見過不少年長的學畫學生，但這次這位看起來臉上的線條似乎寫著他深邃的年紀，無論如何，歲月都無法以隱身術躲藏，他凹陷的眼睛裡帶著難以測量的熱度，從眼角四周溢出來。

應該是那樣的熱度，快速擴散到竹芙的和服，頓時那件和服有種密不透氣的緊綳，直接壓著她的身軀，她意識到那兩顆眼睛所閃出的不尋常訊息，感覺自己又和過去一樣，再次赤裸地被旁邊的燈泡照得渾身通紅，連兩腿間的肌膚都滲透過去了。

朦朧間又進入第一次在眾人前脫衣的狀態，當時室內的暖氣直襲到毛細孔，在猶豫與放膽之間，生存的慾望讓她裸露胸部的剎那拋棄了拘謹，深呼了口氣後，盡量讓臀部和胸部都以最佳的弧度展現，恥部附近的陰毛有時被空調器的暖風吹動，間接搔到她的兩股之間，同時一股氣流向上奔竄，那時突然有種想要啜泣的衝動，腦中升起男友離去的背影，還有為了支付他生活費耗掉的所有積蓄，如今好像只剩下這個依舊仍有曲線的身體，可以抓住些什麼……當她意識到眼睛已經潮濕了，狠狠吞了幾次口水，從胸口下指令給自己，在這個時刻，不能有所閃失。終究勉強將嘴角很細緻地上揚，讓在場所有的學生看不出蛛絲馬跡，「冬天的暖氣可以蒸乾自己的眼睛，即使要落淚，都要在寒風裡。」她輕輕對自己說話。

現在，她已經習慣了，肢體語言逐漸脫離生澀，有時還流出多餘的自信，她必須說服自己稍微謙虛些，收斂些過於張揚的想要肆意展現的慾望，「花要美到恰到好處。」她時刻這樣激勵自己。能征服日本人的眼睛，帶給她微妙的上升感，猶如氣泡在海底深處，緩緩往光的地方移動。

但今天這個年長男人的眼睛如此不尋常，激出自己是青春花瓣的滋味，羞澀中還帶著引誘蜜蜂的本能，或許被蜜蜂螫過後，花瓣就蛻變成蝴蝶了，竹芙感覺身體有種被採摘花粉的幻覺，被取出了身上的汁液，賀爾蒙因此微妙轉化。

在微調身體的弧度中，十分鐘速寫很快到了，她趕緊換個姿勢，或許是下午練舞的啓發，她很快想起接續的動作，坐在椅子上，些微展開和服的下半身，讓兩隻小腿像掀開簾幕般從後台走出，雪白的肌膚一出場果然引來人影的騷動，從她的仰角看下去，那些學生的身形都縮小了，有時像是縮成塊狀黑影，對比於台上被強光包圍的光暈，剎那間那個年長男人的眼神產生巨大的變化，無法控制的眼波流光撐開整個眼睛的池塘，整個眼角泛滿了湖水，幾乎灑滿整張臉龐。那是錯覺嗎，從竹芙的角度斜角看過去，那個男人的眼珠彷彿浮在一大片水面上，成了會漂流的黑色巨石。

竹芙趕緊縮回眼角，讓自己的視線投在別處，否則感覺那顆石頭就要漂流到自己的和服邊的小腿肚上了。

接下來的每十分鐘的動作中，她刻意避開他的眼睛，有意無意望向窗外，那裡似乎有些飄動的星光，偶爾從玻璃窗閃過，好幾次下午那個在花園裡打坐的男人的臉龐也像是氣球從玻璃窗飛過，重複又飛了回來，有一次竟然看見那個男人張開了眼睛，頑皮的表情朝窗戶內看進來，竹芙感覺自己與他的眼神交會了，在玻璃窗戶的映照中，兩艘眼睛的船駛向彼此的港灣，「啊！」她驚呼了一聲，隨後發覺自己的聲音好像超出預期，已經瀰漫開來，四周的學生也許被這一聲微微攪動，「他們好像有些坐立不安。」這樣想著時，發覺自己竟然已經鬆開了和服，清楚露出了肩膀上方與脖子交界處的疤痕。

「來，休息十分鐘，大家喝個水上洗手間。」川上老師朝竹芙的方向過來，湊過她的耳朵，「做得眞好，越來越專業了。」順道拍拍她裸露的肩膀，她趕緊把下滑的和服，往上拉，重新遮住那幾塊疤痕。

正想走往洗手間的同時，眼角餘光感覺年長男人往她背部靠近，屬於男人的髮雕味道已經清晰可聞，最後終於有隻手拉住和服背面的那隻蝴蝶，彷彿那隻蝴蝶即將要脫離棲息飛出去，她回頭時差點撞倒他低下的頭，「啊，對不起。」

「想告訴妳說，我今天來眞是遇到奇蹟了，平常我很少來，今天突然想來看看畫室，順便也加入畫畫，感受一下氣氛。」

竹芙還不知道如何回應，男人繼續從手上遞過一張名片。

吉田眞治，銀閣畫室經理

——美麗的畫總是讓你駐足片刻，

同時看見銀杏的金黃。

「啊，名片還寫上句子。」

「嗯，妳呢，有名片嗎？」

「沒印名片。這裡的生活費太貴。」

「年輕人態度要放輕鬆，尤其在日本這樣緊張的社會……」

竹芙卻看到男人的右手不自主地抖動幾次，又聽他繼續說：「雖然對妳這麼說，我自己也越來越感覺時間的迫切了……，一種抓不住的感覺……對了，聽妳的口音，應該不是日本人，是哪裡來的？」

「台灣來的，在日本三個月了。」

男人的眼睛瞬間和先前竹芙觀察到的一樣，黃色的流光，像是從眼眶湧溢出來，灑洩在整張臉龐，眼睛因爲睜大，瞳孔幾乎被水波淹沒，竹芙從近距離幾乎捕捉了這個畫面，突然間她感覺自己和服上的蝴蝶，彷彿棲息在那些水波上，得到舒緩的呼吸。

男人緊咬的牙齒似乎也鬆開了肌肉，輕微移動嘴角，想說些什麼，繪畫老師的拍手聲傳了過來：「各位，繼續就位，大家要開始畫畫了。」

男人對竹芙鞠了躬，伸出兩手握了竹芙，「手有些冰冷呢，身體要多保重。

希望下次還能再看到妳。」

五分鐘後，當她重新站上那塊突出的木檯，強光再度射在脖子附近，這次她直接面對剛才對話過的男人，對方手的餘溫似乎還在，來日本三個月了，第一次有人透過手傳送溫度，擴散全身，幾乎要催促出汗珠，她深吸幾口氣，從鼻子吸氣，微張嘴呼出空氣，眼前這位年紀幾乎可以成爲自己祖父的男人，驅走了她潛藏在身體裡的寒意，這樣的力道讓她有些心驚，浮現了小時候外公牽著她的手去看電影，在戲院門口一直用日語與其他的朋友交談的情景。

錯覺似地，她的和服猶如已經被這個男人的手從肩膀撥開，透出雪白的上半身，乳頭被他溫暖的手擠弄著，接著男人的牙齒幾乎就要靠過來，這時和服上的一隻粉色蝴蝶飛過來，停駐在乳頭上，振動刻上斑紋的翅膀。大學時期與班上好友在房裡觀看租來的光碟裡年長男人用羽毛輕撫中年女人乳房的鏡頭，此刻完全融入，羽毛與蝴蝶的翅膀合而爲一。

等她回過神來，才發現原來男人作畫的角落，與其他的學生分開，沒有人能看見他的畫布裡到底畫了什麼，但隱約幾次看見他的手些微顫抖，彷彿那隻沾上油彩的畫筆，隨時可能墜落在地上，把地板塗上顏色。

原來，她重新擺出的姿勢完全背對其他學生，他們看到的是她穿著和服的背影，還有已經裸露的背部肌膚。幾分鐘過後，她轉身過來，調整坐姿，站了起來，把左腳置放在椅子上，學生開始彼此交頭小聲說話，她知道這個姿勢有些打破傳統，穿和服的女性應該更拘謹些，即使要表示掙脫束縛的解放，也要做得含蓄，否則猶如褻瀆了那一身優雅的服飾色澤與材質。她使力將自己藏在和服下的兩個大腿距離拉近，一旦這個動作完成，奇妙地她的身姿又回復了和服的規範，此刻她看起來有著古典與現代的絕妙體態，當她意識到脊椎要挺直，猶如跳日本舞踊時的拉高胸部時，她幾乎已經蛻變成一隻破繭而出的鳳蝶，與身上所有的蝴蝶飛舞在這個光蘊集中的花園。

但瞬間又退回繭中，當台灣的情景閃過念頭，當男友被警察帶走的那個夜晚，她躲在棉被中哭泣，然後在朦朧中睡去，夢裡，自己在京都的清水寺仰望著這座千年古寺，那裡祈福的煙在夢裡全都飄到自己頭上。醒來後，她決定自己想親眼看見清水寺。

這個畫室離清水寺很近，在五条通的巷子裡，剛到日本時，急著打工賺錢，在暫住的公寓信箱中，看到徵繪畫模特兒的廣告，到了現場才發現是必須裸體的那類模特兒，那時毫無猶豫答應了這個工作，尤其第一次上場前，畫室的老師特別在她的耳邊低語：「我們不需要過去有經驗的女性，很容易上手的。」說完還有意無意地在她的肩膀拍了兩下。

她又擺了另一個介於開放與拘謹的姿勢，因爲逐漸了解日本社會的需求，她慢慢歸納出什麼是可以引發興趣的肢體語言，她發現台灣的店面許多都可從外面看到裡面的所有內容，透光的玻璃，明朗的氣氛，但京都裡的店總是被各種帷幕包裹著，站在外面時，店裡的一切唯有透出神祕的微光。

下午那個男人的青春臉孔竟然與這位年長男性微顫的手融合，托起她的臉龐，近到可以聞到對方的呼吸，靠了過來，嘴唇幾乎要沾到自己的上唇了，急促的呼吸讓她分泌了許多唾液，她讓舌頭輕輕頂住上顎，在那裡上下滑了幾次，想像自己開始吸吮著對方嘴裡的汁液，這些不著邊際的白日夢，讓自己可以擺出以前無法模擬的姿態，只有在這樣的狀態中，全身鼓脹的夢幻，有種陳腔又新鮮的更新力道。

「好了，今天就到這裡。」繪畫老師用力擊掌，她被突然的拍動驚嚇，脖子瑟縮，上面的疤痕被擠了下去，她沒想到連手臂都起了雞皮疙瘩，好像被強烈集體霸凌過的羞愧，將她從樂園趕回地獄，快速回到現實，她趕緊拉高那件鬆掉的和服，這次她眞的要把衣服的位置歸回到最恰當的位置了。

「眞是太美妙了，幾乎無懈可擊，要繼續幫忙我們大家喔。」繪畫老師又湊過來，在她的耳邊說話，竹芙感到有些距離上的壓迫，往後退了一步，身上的雞皮疙瘩仍未退去。

趁大家在收拾畫具的時間，她迅速整裝，未上洗手間補妝，幾乎以逃走的心情，想趕緊離開這間畫室，快速在門口換穿配合和服的木屐，匆忙彎腰，想讓那雙木屐滑進已經被汗水浸濕的襪子，可是無論如何改變角度，那雙木屐都不配合，像是縮水般，與她的腳形不合。

「對不起，這是我的木屐。」旁邊一位大約二十幾歲的學生站在她旁邊，看著竹芙腳下那雙木屐，竹芙幾滴汗滴下，正好落在灰色地板上，像是下面兩顆偷窺的眼睛。

其他學生也都湧上拿他們自己的鞋子，原來看似寬闊的玄關，忽然像是縮水般，竹芙被擠到牆角，空氣瀰漫侷促的呼吸，混雜汗味與髮味，牆壁也滲出一些古老檜木板的潮濕氣息，這是第一次竹芙注意到這個房子比她想像的還要古老。

在這群年輕的學生眼中，她似乎隱形了，大家匆忙離去，沒有人對她點頭致意，是她的裸體模特兒的身分羞辱了自己嗎？還是這群學生在下課後就無法面對一個在現實生活中不會存在的場景，以畫筆畫裸體只存在非常特定的時空中，到了玄關，一切都重新歸零了？

第一次，她感覺自己比之前更痛苦地喘息著，從台灣躲來日本，現在似乎無處可躲。但這是躲嗎？她在這間教室用了假名，以後離開了日本，不會有人認識她了，這是她唯一仍感到安全的方式，她不斷說服自己，這是參與藝術的高尚服務，身體是最值得尊敬的殿堂，只是在此刻，自己的價值信念爲何完全崩潰？

突然，在絕對的喧囂後的寧靜中，有雙充滿皺紋的手遞來了她的木屐，抬頭一看，是那位年長男人，用顫抖的聲音說話：「對不起，讓妳久等了。妳進來時木屐沾滿了泥土和稻草，我想幫妳清一清，畫室裡有任何灰塵，人的鼻子是非常敏感的……。不過，剛才妳離開得太快，來不及告訴妳，我把木屐放在另個櫃子，不希望妳的和別人的混在一起了。」

「啊」，竹芙的眼眶中逼出了大顆的淚珠。

「出門在外，自己要堅強，有空打個電話給我，我有些話想告訴妳，還有一件事想請妳幫忙……」

「幫忙？」她的聲音幾乎聽不見。

「妳如果願意打電話給我，我會告訴妳細節，會付給妳工作費用，可以減輕妳的生活負擔的……。對了，謝謝妳今天來，讓我重新燃起了完成願望的渴望，今天眞是美好的一天。」說完，老年男人又伸出了雙手，與她再握一次手。

竹芙走出這棟畫室時，感覺男人的眼光仍一直看著她的背影，直覺感到那種眷戀的眼光，不是此刻開始的，而是從遙遠的過去已經啓動，直到這一刻，某種壓抑的情緒，終於透過那玄關的簾幕打開了，從玄關到正門的走道邊，燈光照亮了青苔，散發出某種寂靜的黏味，她不敢回頭看男人的身影，害怕繼續看出更多的埋藏在男人心中的故事與渴望，但其實她對這個男人的過去一無所知，所有的感觸，都是直覺的反射。

她無意識地走著，直到進到臨時居住的公寓，那坐落在五条通的巷子中的一個小房間，小到只有台北父母家的一個房間而已的小鳥巢。

3

第二次走入霧島老師的舞蹈教室時，竹芙立刻察覺空氣裡瀰漫著和第一次完全不同的氛圍，原本看似端莊有禮的同學，私底下聒聒噪噪，交頭接耳，她這次提早了十五分鐘來到教室，比較能悠閒地換上和服，並自己練習把腰帶弄個好的蝴蝶造型，上次回家後，她靠著電腦上的指示，練習了好幾次。

「……霧島老師要宣布……重要的……，眞的？」竹芙斷斷續續聽到一些字和聲音，但無法把內容接起來。

她靠了過去，想加入她們，表達自己的友善，「妳們剛才說有重要的什麼嗎？」

「啊，我們是說，重要的人（大切な人）。」說完，兩個同學都用和服的袖子遮住嘴巴，掩飾自己想要大笑的神情。

「重要的人指的是誰啊。」竹芙問。

「告訴妳，日語的『大切な人』是非常『神祕』的表達方式，可以是妳的家人，最尊敬的老師，最重要的朋友，或是，戀人……」

「啊，有什麼我可以知道的嗎？我很好奇日本語言中的曖昧氣……」

下一個字還未說出，霧島已經現身，並大聲拍手，「趕緊準備好，今天的課程會準時開始，來，竹芙桑，今天妳已經可以適應了吧。」

「謝謝老師，一切都好。」

霧島頭挺得很高，拉長了脖子，露出了上次沒有顯現的白皙弧度，竹芙估計霧島至少超過五十歲，但頭髮仍然在舞室裡閃閃發亮，走過的地方都留下一種介於香水與禮佛冥想用的香粉的味道，這次的和服上面換成了紫色的櫻花，旁邊點綴了畫上葉脈的葉片。繞了房間幾圈後，她退回到放音樂的音響前，按了幾個鈕。

「今天，在上課前，我要宣布一個好消息，我們準備了許久的舞目，終於構思出來了，整個要表演的舞都編出來了，原本廣彥一直苦思了數月，都沒結果，上星期他在睜眼的剎那，看到地上寫了一個字，已經有些模糊，但仍可辨識出是『竹』字，他覺得那是宇宙送來的珍貴訊息，從『竹』字出發，他有了全新的想法。現在我們請廣彥出來與我們分享舞曲的概念。」

廣彥從房間的某個門現身，幾乎是像演舞台劇似的，出來時聚光燈同時照在頭頂，陰影與身軀同步移動，咻一聲，已經在眾人的鼓掌聲中，站穩在舞台的中央。如夢幻地出場，身上穿的男性和服，托出了他高大的身軀，因爲腰帶的襯托，下半身顯得相當修長，霧島口中的廣彥，讓竹芙無法壓住怦怦的心跳，先前看到的佛陀與武士的面容，現在張開了眼睛，竟然還有畫像上基督的神韻，那是竹芙過去在翻閱西洋畫冊時，注意到古典宗教畫裡，耶穌的容顏，這三方的組合，攏來充足的光源，從四面八方照射過來，瀰漫在房間的每個角落。

「大家辛苦了！剛才霧島老師提到，新的舞蹈編舞已經完成，我們將會在一個月後，於傳統藝術中心公開表演。」竹芙從她的距離，注意廣彥有著日本人少有的雙眼皮。

「今天很高興第一次向妳們報告這個好消息。待會我們就會先把其中的一段，在這裡向妳們示範，希望更能引起妳們對舞蹈的興趣，日本舞步的精髓在於精氣神……」

霧島插話進來，「對，妳心中有強大的能量，就會表現出氣魄。氣魄會帶出細緻，細緻帶來悸動。」

廣彥的聲音飽滿而低沉，像是每年最後幾分鐘，在寺廟裡敲打的鐘聲，傳到遙遠的山中，驚醒黑暗裡的青苔：「我睜眼的剎那，看到沉在泥土中的『竹』字，一股暖流流過我的心，就像是風帶來了熱情又沉靜的味道，那一刻，得到了靈光乍現的靈感。」竹芙感覺廣彥的眼睛似乎往她的方向看過來，她渴望著他的眼神。

但霧島的神情更引人注意，臉頰浮出櫻花的粉紅，像是用胭紅塗上淡粉色，在仍是春天的五月，櫻花又回到人間。「這是關於愛的舞曲，傳統的日本舞踊經常是淒美的故事，但是在這次的新編舞曲中，『竹』是隨風搖曳的，就像是愛情，在迎接風的時刻，身軀更加柔軟，竹與風就能完美譜出愛的弧線……」

同學都用力鼓掌，竹芙聽到「愛的弧線」時，胸口猶如被一條線用彩筆畫了過去，留下一道深溝，她的眼睛無法離開廣彥，很想繼續聽他從山谷來的鐘聲般的嗓音，她想知道更多關於他與「竹」的一切，彷佛那是生命中可以抓住的救贖，廣彥似乎要開口繼續說話，但隨即被霧島打斷：「從上星期開始，他加緊與作曲家討論，編出了歌與舞蹈，我第一次被這樣的舞所震撼到，同學們，妳們的年紀可能還無法了解，那種竹子被風撫摸過的流動感，生命裡如果多了這些流動，我們不會再失落……」

廣彥回報了一個微笑，他走向放音樂的地方，與霧島小聲說幾句話，前奏展開，古箏的滑動，三弦琴的間奏，他們兩人開始逐漸靠近彼此，又分開，又靠近，舞步已經開始，多次他們彼此看著對方的眼睛，又把眼神轉開，歌詞響起：「竹子隨著風，如此貼近，又瞬間分離，有種難分難捨的纏綿，男女之間的離與合的無奈，卻是帶著幸福的期待」，三弦琴的急切帶了進來：「在塵封中，忽然竹子的倒影，我的臉滿是清澈，被影子洗過的臉龐，我靜坐……」

這時，竹芙的眼眶無法控制地湧出了淚，她知道那是從體內非常深層的地方湧出來的情緒，一時無法理解的混雜感，埋藏著過去的糾纏與現在的糾結，共同編織出的黑影，會移動般地在體內到處躲藏，直到這一刻，被眼前的一切給催促了出來，無法再壓抑下去了。

莫名地對廣彥投射了情感，之前才見了一次的男人，她卻想把自己內心那些曾被傷害過的，曾被壓下的，對他喃喃傾訴，但眼前的這個擁有聖潔容顏的男人，如此靠近，又如此遙遠，永遠無法說出是自己寫出了那個「竹」字，那是當下的熾烈感覺，當她回去寫出那個字時，潛意識已經引領著她說出一些話。在這異國，孤獨的人際關係，複雜的日語，自己就像個無法完全掌控說話的孩子，有時結巴著，或許只有裸體擺在眾人面前的那個剎那，純潔到毋須言語，而比言語更加純粹，那時她可以感覺在這個異國存在的價值。

霧島與廣彥繼續舞蹈著，古箏與笛聲交錯，風的模擬，歌詞的流動，他們兩人融入在舞曲裡，但竹芙卻浮現著「大切な人」的字眼，那是他們彼此的關係嗎？「但『大切な人』也可指師生關係吧。」她這樣說服自己。

「就到這裡結束，這個舞曲還有後續，但要留點神祕，要妳們自己去看。」「好！」霧島拍了手，「我們今天的課程正式開始，廣彥要告退了，他還有許多事要處理。」

其他學舞的同學都大聲鼓掌，他向大家鞠了一個躬，那個剎那，他的和服稍稍鬆脫，竹芙隱約看到他和服裡的肌肉，屬於男人的色澤，青色的和服裹著引發想像的肉身，如果可以，她想要更仔細觀看肌膚的質地，但畢竟一閃即過，廣彥又直了上半身，除了頸子和少數露出來的皮膚外，他的身體躺在和服下面。

竹芙感覺廣彥又朝她的方向看過來，定住了幾秒鐘，而後又移開眼神。短暫的互動，稍縱即逝，她感覺像是吃到酸的葡萄，胸口瞬間一陣緊縮，之後霧島老師說了什麼，她都沒聽見了，直到下課，內心深處一直耳語著：「喉嚨的某個部分一定卡住了，要說些話。」

走出那間教室，那時已經靠近黃昏，暗影逐漸侵蝕天空，向四方瀰漫擴散，她試著讓自己站穩些，趕緊打開帆布袋，拿出裡面的錢包，裡面裝了幾張到日本後拿到的名片，找到寫著「吉田眞治」的那張，毫不猶豫地撥了電話。

4

從不遠處望向那棟房子，吉田的光影出現在門口周邊的石頭上，瞬間就變成了具體的人形，好像算準了時間，當兩人的步伐同時停下，正好是彼此可以說話的距離。房間裡面的光流出門外，落在吉田的鼻梁上，兩顆眼球在黃昏中依舊露出輪廓。竹芙還未進門，已經感受到整個房子的溫度。

「歡迎到我的家裡。」吉田靠過來，握住她的手，手的溫度和上次一樣，在她的手掌心停留下來，想要開口的心情湧上。一進門，她馬上看到一棵巨大的樹木，挺拔聳立，被黃昏的餘暉裝飾了葉片的色澤，整棵樹彷彿會晃動似的，可以聽到風吹過葉片的沙沙聲。

「這棵櫸木是前面的屋主留下的，已經三十多年了。有空時，我就會坐在下面，感受到櫸木的細碎聲音。年紀大了，沒人可說話，總是對著櫸木低語。」說完，他伸手摸櫸木的樹皮，「來，摸摸看，很老的樹了，很有質感。」蒼勁的質地在竹芙的掌心流過，太陽還未完全下山，那棵樹彷彿接住了白天與黑夜的交界處，帶著朦朧的堅毅。

「吉田叔叔家裡沒有其他人嗎？」

「一個人住，除了這裡，就是那間畫室。在那裡比較與人有互動，否則常常一整天沒說到一句話。」「來，從這邊走。」吉田並未引領竹芙走到客廳，反而從旁邊的走道穿過一個小花園，來到後門馬上銜接樓梯，可以通到二樓去。

爬樓梯時，吉田腳步緩慢，喘息聲越來越清晰：「直接帶妳到我的畫室，很多畫想讓妳看。」兩人的腳步與木造的階梯碰撞，整個房子的靜謐中，階梯的嘎嘎聲在樓層間跳動。一進到二樓，她幾乎「哇」了一聲，整個房間掛滿畫作，有些還堆疊在地面，幾個角落被疊高的畫奪走了銳角線。

「這是過去三十多年的畫，其他有些賣掉了。」

快速環顧四周，竹芙感覺呼吸像是液體瞬間凝固了，必須抓穩自己的腳跟，防止暈眩，尤其這層樓似乎承載了巨大的重量，地板輕微晃動。房間裡的畫作中各式的裸女特寫，每幅畫都搭配一隻鳥，與裸女的身體部位纏綿交錯。左前方那幅巨幅的油畫，裸女胸前的兩顆乳頭，油彩厚塗，猶如眞實地從畫裡凸出來，各自被一隻大鳥的尖嘴頂住，私處下方還有另外一隻體型比較小的鳥，覆蓋紫色羽毛，層次分明。

「很好奇我的畫都是裸女與鳥吧！來，坐在這裡，會緊張嗎？嘴巴閉得很緊。」

「眞的有點呼不過氣來，自己雖然當了裸體模特兒，不過眞正看到畫作中的女人時，眞實的感受……」

「妳來到這裡，我已經等了三十幾年了。」

「三十幾年？」

「來日本做什麼？」

「算是狼狽逃來日本吧，本來做設計，有案子就接，收入還不錯……」

「我也猜妳是從事藝術和美感相關的工作。」

「前男友捲走很多人的錢，包括我，警察帶走他的那晚，我夢見了清水寺。」

「有時候在必要時刻，要多說出妳心中的話，有人傾聽是巨大的幸福。」

竹芙的胸口一陣熱流，催促眼眶裡的淚，有溫度地從眼角逼出，她趕緊搜尋包包裡的衛生紙，但什麼都沒摸到，吉田遞來了一盒衛生紙。

「好好發洩吧。要振作起來，告訴妳，如果和吉田叔叔比起來，妳算是很幸福喔。我這三十幾年來都是用繪畫把我胸口的鬱悶發洩出來的，否則人早已經崩潰了。」

「我這樣算是幸福？」

「不是嗎？可以自由，本身就是最大的幸福。一九七〇年代，我來日本留學後，再也沒回過家鄉。」吉田拉著竹芙的手，「過來這裡坐，這麼年輕，很幸福的。」

「也不年輕了，都過了三十五了。」

「現在回頭望過去，三十幾是人生的黃金時期，只是那時自己不是這樣想的。不過，我的確是三十五歲時，懷抱興奮的心情從台灣來到日本，卻變成終生的遺憾。」

「啊，吉田叔叔，你也是台灣人？怎麼不和我說台語或華語？」竹芙幾乎以高八度的音調吐出每個字。

「那妳不就太輕易知道我的身分了嗎？那樣妳會太早失去對我的好奇。」說完，吉田露出了一種調皮的笑，彷彿回到童年時光的眞摯。但這種表情乍然消逝，在黃暈的燈光下，吉田的臉迅速被暗影遮住了半個臉頰，「我已經用日語溝通了四十幾年，感覺台語已經埋葬在我的記憶裡。妳聽說過黑名單這個名稱嗎？當年到慶應大學念醫學系，參加了幾次抗議美國與中國建交的活動，也加入台灣人在日本的組織，不知爲何被列入了黑名單。一被列入，就歸不去故鄉……」

「解除戒嚴以後呢？」

「心中充滿了無法訴說的遺憾，連父母親過世時，都無法親自去參加喪禮，那樣的土地，我無論如何都無法用我的腳再踏上去。」

他站起來，踱步到牆上的巨幅畫旁，上面的鳥以近乎誇張的角度抬頭頂住了女人的乳頭，那張長喙，整片黑色，連接頭部的一半面積。他沉默了數分鐘，竹芙這才嗅到整個房間瀰漫了各種顏料的氣味，還伴隨潮濕的滲透感。看過去，那隻鳥竟然感覺眼眶潮濕，彷彿有滴淚水就要掉到喙上。

「鳥的眼睛看起來有些濕潤，吉田叔叔。」

「猜猜這是什麼樣的鳥？」

「鳥的喙與部分臉龐都是黑色的。」竹芙靠過去，快貼到畫面，那隻鳥巨大的軀體，壓下所有周圍的陰影，彷彿就要展翅飛越畫框。

「對，妳注意到黑色了！哈！我被列入了黑名單，因此自己變成了黑面琵鷺。這種瀕危的鳥類，我看成是自己的化身。」

兩人的笑聲融入了空氣，站在畫前，沉默地各自搜尋自己想要進一步看到的細節，窗外已經完全幽暗。

竹芙伸手去碰觸畫中的乳房，重重疊上的油彩，摸起來粗糙又帶著堅硬，手指的觸感連結了過去男友經常捏她乳房的畫面。

「醫生擔心我很快就不能拿起畫筆了……。」

「我的手越來越顫抖，如果我離去了，黑面琵鷺又少了一隻。不，應該說已經瀕臨絕種，像我這樣時刻懷念故鄉的黑面琵鷺，已經絕跡。鳥時刻想飛的，我來日本避自己的寒冬，卻飛不走了。」

「吉田叔叔，我也是來日本躲避冬天的，我們都是黑面琵鷺。」

「誰說妳是黑面琵鷺，妳的皮膚那麼白皙，要用比喻也要恰當，是不？何況妳隨時可以回到台灣。」他轉身回頭，重新坐回椅子，把先前小桌上準備的茶倒了出來。

「其實，我不確定我是否隨時可以回到台灣……，現在仍無法面對那邊發生的事。」

「茶都快冷了，剛才妳來前還熱騰騰的。」吉田握住茶杯，一直聞著茶杯裡的味道，「趁著茶還有溫度，想請問妳一件事。」

彷彿費了許多力氣，他壓低了音量：「今天我給妳比往常模特兒三倍的價格，讓我單獨畫妳，讓我完成最後一張圖的心願。在這裡很安全，妳可以放心。」

「啊，」竹芙移開視線，不敢直視吉田，依舊看到畫面裡那隻黑面琵鷺的長嘴，抵住了女人的乳頭，等到她回過頭來，吉田握住茶杯的手發抖，她可以清楚看見茶的輕微晃動，還有手上的皮膚發皺到好像一張紙被輕易地不斷揉碎。

那張發皺的手的紋路，幾乎是兒時看到外公的手的記憶，小時候她很喜歡阿公用手撫摸她的頭。「需要擺出什麼姿勢嗎？」

「只要妳打開兩腿，我會想像黑面琵鷺經過了那樣的甬道，回到母親的子宮裡。重點是，妳是台灣人。透過妳，我想回到故鄉。」

半個小時後，竹芙按照吉田的要求擺出姿勢，那張冰冷的椅子很快被臀部的溫度加溫，與她的皮膚直接碰觸。吉田拿出一件上面有黑面琵鷺的和服，讓她披上並露出胸部與下半身。服飾上的黑面琵鷺出現在腰部下方，從吉田的角度，那隻黑面琵鷺抬頭，正好仰望著竹芙的那個私處。

這一刻，她全然相信吉田早已準備好這些畫面，她不確定是否有其他的女人曾穿過這件和服，但此時她確實是完全擁有了這件高級的服飾，琵鷺旁一輪金色月亮，將黑色襯托得十分華麗，琵鷺的臉部與羽毛也點綴了一些金箔，在黃暈下產生流動的視覺。

「頭可以轉動，比較不會累。我只會畫從乳房到那個敏感部位。」先前她將眼睛的餘光定在前方的那幅巨大的黑面琵鷺畫作，現在她輕鬆環顧四周，保持頭部以下的定位。幾分鐘後，她再一次感到震驚，屋裡所有的裸女，完全沒穿和服。

「剛開始還可與她聯繫，後來就失聯了。輾轉聽說改嫁了。心靈上最痛苦的，還不是被列入黑名單，而是與自己心愛的人完全無法聯繫的那種撞擊。你完全不知道她如何了，有時還會嫉妒地幻想，她已經投入別的男人的懷抱了。」吉田的眼睛在身體與畫板中穿梭，嘴巴吐出的話語填滿了整個房間的寂靜。

那聲音顫抖得很厲害，竹芙只坐在那裡，反而可以專注各種細節，聲音裡透露出的絕望感，撕裂了空氣中的平靜。

「嫉妒是人世間最可怖的情感，沒人襲擊自己，是自己的無邊想像力襲擊自己，一個細胞一個細胞的，最後被大海整個吞噬了，無法吸到氧氣，而後徹底死亡。」

「吉田叔叔，你那樣不信任她嗎？」竹芙不確定「她」指的是誰。

「本來很信任的，但後來失去聯繫後，自己開始得了『失去妄想症。』想像她在男人的懷抱中喘息，乳房上下劇烈跳動，男人舔舐，最後進入了那個聖地，每個深夜，這樣的畫面強占了我的腦海，變成夢魘。」

停了許久，他才繼續說：「某天，夢魘終於引爆，我精神不穩，在醫院實習時，與病人嚴重衝突，被醫院記過，經過了一段難受的日子，最後終於離開醫界。」

吉田的聲音依舊顫抖，手卻在畫布上不停動著，「妳知道的，很多醫生會畫畫……。」

他眼神重新落在竹芙的身體，竹芙想像，此時她的身體正在被全方位窺視著，她已經變成了吉田口中的「她」。不自主地，她稍微調整了腳趾的位置，讓那個地方再展開些，這個動作拉開了大腿兩側的距離，同時她拉拉了和服，意識到私處某些濕潤的液體，已經沾到椅子上，如果她再移動，那些汁液就要黏到臀部了。

瞬間，一隻黑面琵鷺的長喙頂住她的私處，伸進了那裡延伸出來的密道，裡面黑暗的洞穴被攪擾起來，隱藏在裡面的壓抑與慾望同時被那張喙的形狀勾住，像一把長柄的黑湯匙，撈起了裡面所有曾經沉澱下去的喜悅與悲傷，混雜著欲求的渴望，那隻琵鷺每往前挺近一點，黑喙就往更深處前進，終究抵住了子宮，用尖的鋤頭，耙梳子宮的土壤。

那是種前所未有的感受，像是即將要尿出來的快感，那長柄鋤頭在那裡耕耘著一片可以長出綠牙的嫩土，前後鬆開附近的軟泥，潤澤大地的噴泉即將到來，那片原先已經乾涸的大地，將開採出一塊新的水源。可是，還未接到泉水，黑面琵鷺整個頭伸進了洞穴，牠的身體太大，擠滿整個甬道，羽毛想要掙脫而展翅，這隻琵鷺想要飛出這個狹小的洞口，卻整隻被夾住了，哀嚎的聲音從那個喙發出了悠遠的回音，連雙腳都陷入了泥淖裡，逐漸往下沉去。

竹芙想發出叫聲，「有隻黑面琵鷺進到我的身體，陷落下去了。」但卻聽不見自己的聲音，吉田走了過來，想用力將那隻黑面琵鷺拉出，越拉那隻鳥越變越大，最後頭頂衝破她的腹部，從肚子處伸了出來，血液沿著腹部邊緣湧出。

竹芙終於用生命的力道吼出了「啊！」

「發生了什麼事？」她聽見吉田的聲音從耳邊傳來，摸到他手心的溫度，竟然聽見了吉田的笑聲，「妳有豐富的想像力，剛才看見妳把和服上的那隻黑面琵鷺壓在臀部下面，我過來幫妳調整姿勢。」

「一隻黑面琵鷺跑到我身體裡去了。」

竹芙仍感到自己私處的異樣，剛才究竟發生了什麼事，已經無法清楚再次感覺。她拉著吉田的手：「吉田叔叔，今天我有些累了，下次再繼續好嗎？」

「剛才說的那些傷心的往事，讓我們兩人都累了。但是忍不住說了出來，這三十年來，第一次把這樣的感覺說出來，而不是用畫的畫出來。」

「我想，我能拿畫筆的時間大概不會太久了，我已經有了初期的『帕金森症狀』，這次妳能來，我眞的充滿了感激的心情。」

「其實，是吉田叔叔你的手心給我的溫暖。來到日本，才眞正感覺到什麼是孑然一身，我夢中的清水寺，終究是看過了。」

「對了，我拿上次妳去畫室時，我幫妳畫的圖讓妳看。我躲在角落畫的東西，沒有人看過。」

畫裡的女人，神情與面貌與竹芙有些相像，但不完全像，與今天一樣披著和服，「我那天的和服不是這樣穿的。」她低聲說著。裸露的兩個乳房上各停了一隻蝴蝶，蝴蝶的顏色五彩繽紛，將竹芙裸露的膚色襯托得十分飽滿。

「你把我和服上的蝴蝶畫到我的肉體上去了。」

「坦白講，那天我眼裡看到的，妳身上的和服與肉體幾乎連爲一體，我透視到妳身體裡面的聲音，只是把那樣的感覺畫出來而已，而且這幾乎是我三十多年來第一次畫蝴蝶，從沒想過，畫蝴蝶比畫黑面琵鷺更令我激動。」

「從來沒有，眞的從沒在畫時，看到除了黑面琵鷺以外的動物，以前的裸女模特兒，無論如何美麗，站在那裡對我來說都是一樣的。或許，我從妳的眼中看到了某些……」

「啊，吉田叔叔，不瞞你說，那天我其實……」

吉田的胸膛堵住了竹芙的整個臉龐，在極短的時間內，他已經緊緊擁住了對方，手臂放在她的背部，這時他才意識到，竹芙仍然披著和服，只要他一用力，扯下那件衣服，她就會光滑赤裸地滑入他手臂的海灣裡。但他只是輕輕撫揉著竹芙的背，隔著和服，但竹芙的乳房，已經貼著他高大身軀的下胸部，他清楚感覺兩粒豐滿富彈性的女性特徵，正與他的心近距離對話。

竹芙並沒抗拒，反而用腹肌將胸部往前些，與吉田的衣服靠得更近，她有些不確定自己是否期待他伸手愛撫她的胸部，但朦朧地幻想著他即將用嘴舔舐兩個乳頭，這個想像讓她身體匯入細流，隨著黏稠的液體沾濕了和服的一個角落，滲透到大約是黑面琵鷺的眼睛位置。

兩人急促的呼吸穿過他們起伏的胸膛，來回之間，彷彿下一刻馬上有新的浪頭，越是期待吉田的嘴部停靠在她的乳房，她的呼吸節奏就掀起更多漣漪，兩人的心臟似乎互相微細地較勁，都在等待著下個新的漩渦，揭開兩人的交纏，吉田終於移動了放在背後的手，竹芙閉上了眼睛，但手卻朝她想不到的方向，手心停在她的頭頂，短距離來回摩挲著她的頭髮。

那種力道，多麼像是她的阿公，小時候經常摸著她的頭，說著：「小芙的頭髮好香。」腦海中阿公的影子滑入，這一刻她感覺阿公眞的摸著她的頭，阿公那雙粗糙的手，總讓她安心。這時，她心中有種深切的渴望浮出，她想與這個年長的男人身體完全密合，突然，她希望吉田眞的以黑面琵鷺的化身，藏身到她的體內，在那裡吉田可以得到完全的安全，那個甬道，眞的帶他回到想念的故鄉，終於他可以停泊靠岸了。

彷彿很漫長又短暫，吉田的手心始終停留在頭髮的位置，探索著髮絲的每個部位，「我不知道這是因爲我的記憶已經模糊，還是歲月留下的只有想像。在畫室看到妳，誤以爲妳是我的她，應該說，她是我的妻子。」

「我可以……」

吉田無法抓住對方話裡的意思，兩人開始沉默。他的右手依舊在頭髮所及的地區漫遊，手指探索著髮絲孕育的每吋土地，時光從髮梢的隙縫流過，五月的夜，氣溫與白晝相差甚多，偶爾寒氣也會襲擊，竹芙的體溫逐漸下降，從腳趾來的冷颼感從下往上掃過肌膚，她些微拉開貼著的身體，摸到吉田有些乾燥並露出骨頭的手背，然後引導他的手掌到自己呼吸節奏有些不均勻的胸部，吉田似乎有些躊躇，往後退了些。

「竹芙，今天到這裡爲止，已經完全超乎我的預期，這樣就夠了，我這個七十幾歲的歐吉桑，已經很開心了。」

「嗯，知道了，時間也已經晚了。」

「畫還沒畫完，還會有機會的。說不定我的黑面琵鷺已經蛻變了，需要一些時間轉變外觀。」

竹芙慢慢褪下披著的和服，又多看了上面的黑面琵鷺幾眼，緩慢穿回自己原來的衣服。吉田從口袋裡拿出一個信封，「等妳回家後再看。」

他們共同走下先前一起爬上的階梯，如今同樣發出嘎嘎的木板聲，混雜清晰可聞的昆蟲夜啼。穿過那棵櫸木，如今在月光下，樹葉似乎攜帶了夜的祕密，色澤在幽暗中穿過灰黑的天空。

吉田在門口再度握住竹芙的手，那雙手的溫度依舊，但已經沾上些夜的水氣，感覺沒有之前的乾燥了。出了大門，竹芙沒有回頭，在暗巷中走了很遠的路，直到她相信吉田的視線已經無法看到她的背影，她快速轉進另一條比較大的街道，那邊的整排路燈，把整條路照得既幽靜又喧囂，依舊有不少的車子與行人在已經夜深的連鎖店附近進出。

她發現原來整晚自己與吉田都沒吃飯，現在意識到肚子的嚴重飢餓，聽到肚子發出攪動腸子的聲音，但她迫不及待拿出皮包中的那個信封，裡面有支票與一張手寫的信。支票的金額，讓竹芙幾乎暈眩起來，遠超過之前的預期，她趕緊依靠路燈的光亮，讀出信上面的字句。

竹芙，謝謝妳！經過今晚，我這隻黑面琵鷺已經回到故鄉，我會開始準備起飛，真正飛回那個內心記憶中的故鄉。而妳這隻蝴蝶，一定能飛出那件和服，降落在妳親自設計的肉身上。

她拿著這封信，一直走著，風鑽過頭髮的縫隙，掃過脖子附近的幾處疤痕，那是被前男友用激烈的方式咬出的痕跡，她伸手摸摸那幾塊凹凸不平的皮膚，想起這些疤痕都沒出現在吉田先前在畫室畫的那張畫裡。

她繼續一直走著，月光跟隨著她拉長的身影，腳步聲切割風的流動，不遠處，聽見了叮噹的響聲，掃過附近顫動的樹葉，發出窸窣的回音，「那是清水寺傳來的鐘聲嗎？」

後記

此刻，最想說的是，人生的第一本短篇小說集終於出版了！對於從小就想寫小說的我，這份成果似乎是來遲了，但我也堅信這本小說集是在最適合的時刻出現，我的心情充滿了感恩與感謝，深刻相信這是生命中一個非常重要的起始點，從此會繼續在小說的路上盡力耕耘，這是給自己與讀者的眞誠允諾。

書中寫了許多發生在台灣人與日本人之間的故事，雖爲虛構，卻傳達了台灣與日本之間歷史的聯繫和關係的密不可分。對我而言，這本短篇小說集裡面的故事所涉及的範圍，不只是愛情故事與女性情感的描寫，還有戰爭、科技、自然災害與宗教對人的影響，加上台灣與日本的歷史時空背景、政治與命運交織等文學主題的互相呼應。故事中的人性幽微與曲折，也是書寫的重點，希望能帶給讀者多重的閱讀想像，與迥異於過往的閱讀感受。六篇中的〈心臟黑盒〉與〈菓子屋裡の蟬刺青〉曾刊登於《短篇小說》雜誌，〈魔窟の吻〉與〈和服肉身〉於《文學台灣》雜誌，而〈光影菓子鋪の紅龜粿〉刊於《印刻文學生活誌》。

其中〈和服肉身〉入選九歌出版社的《九歌一〇五年小說選》，算是本書出版前的一項好消息。

我所尊敬並幫我寫推薦序的李喬老師幾次對我說，他感覺我對日本似乎了解甚深，我不敢說我自己是如此，但我的確從小因深受留學日本的父親影響，對日本一直充滿著各種想像，也感覺與這個國家有某種程度的連結。大學畢業後留學美國前，曾有一年大量觀看日劇，從此開始對日本產生想進一步探索的情懷。二〇〇七年因爲與旅日歌手暨版畫家翁倩玉討論詩與畫的跨界合作，連續兩年至東京六本木與她見面，後來共同出版詩畫合輯《合掌》。二〇〇九年我擔任台灣大學語言學研究所所長期間，在因緣際會下，終於開始與日本學者多方交流，尤其二〇一三年以京都大學言語科學講座訪問學者的身分在京都停留半年的生命經驗，讓我有機會深入去更了解這個特殊的城市。二〇一六年十二月的日本之行，更是留下此生日本行旅的一次非常寶貴的記憶。

這次的旅行，因爲受邀至日本語用學會的年會演講，開會地點在下關，即爲當年《馬關條約》簽訂的地點，在會議的第二天，我與另外三位日本教授參觀了春帆樓，該樓爲《馬關條約》簽訂之處，在二次大戰中被炸掉，而戰後重建了紀念館，內有珍貴的《馬關條約》歷史資料。在裡面我親眼看見《馬關條約》的條文，第二條中記載台灣的歷史命運。我當下的心情，已經無法用言語形容，同行的三位日本教授朋友告訴我，他們的心情很複雜，對於日本殖民台灣，他們感到很抱歉，我一時卻語塞，不知如何回答他們⋯⋯。

會議結束後的兩天，我又經歷了另一個生命重要的時刻。十二月十三日我前往九州大學箱崎校區文書部，見負責檔案管理的折田悅郎教授，他幫我找出當年我父親去九州大學留學時拿到博士學位的相關資料。他請助理從一本極厚的資料檔案中找出父親的資料，接著拍照，後列印出來，再把電子檔放入USB給我。當我看著當年父親的名字與簽名、他的指導教授的名字與印鑑，加上其他關於父親的博士論文內容的影印時，突然間淚水流了出來。

父親在我小學一年級時到日本九州大學留學，曾有兩年時間我未曾看過父親，而在那樣的時空下，我坐在九州大學文書室裡看著父親的字跡，感覺自己穿越了時空，回到兒時的那個自己，那個自己那樣渴望看到父親，那時絕對沒想到有一天，我會在特殊的時空下，與當年的他重逢。也看到父親的字跡寫著家裡的住址，那是中興大學旁邊我兒時的住家，剎那間，所有兒時的回憶，蜂擁而上。我不斷擦拭我眼中的淚水，那是喜極而泣的淚水。

這本短篇小説集能完成，我仍和過往每本書一樣，感謝我親愛的家人，感謝他們給予的支持、愛與鼓勵，讓我能在教職以外，還能書寫文學作品。特別要感謝我的父親，感謝他特殊的日本留學經歷，帶領我去認識日本這個與台灣有著密切關連的國家；還有我的母親，在父親留學的兩年間，辛苦養育我與兩個弟弟，至今她當年的辛苦形影，還深刻留在我的腦海。衷心感謝我的阿嬤從小對我的悉心照顧和對我訴説她那個年代的故事。非常感謝小説家平路、小説家李喬、林水福教授、邱貴芬教授、柯慶明教授與小説家鄭清文（按姓氏筆畫）推薦我的書，和其中四位寫的推薦序與對我的鼓勵之語。六位推薦者過去都爲台灣的文學界竭盡心力、貢獻良多。宋澤萊老師、郭文華教授、許淑屏老師、彭瑞金教授、李瑞騰教授、莊宜文教授、江妙瑩董事、陳正忠醫師與楊谷洋教授，曾閲讀一篇或多篇我的小説，非常謝謝他們寶貴的讀後感或評論。誠心感謝長谷川存古教授、山梨正明教授、今井むつみ教授、林宅男與林禮子教授夫婦、Masumi Azuma 教授、堀江薫教授、片岡邦好教授與谷口一美教授，在我停留日本期間提供許多幫助與照顧。感謝因學術會議認識的渡邊淳司教授與石黑浩教授，分別讓我認識了心臟盒子與人形機器人，啟發我將兩種科技加以想像擴展延伸，寫進了虛構的故事。非常感謝印刻出版社的初安民總編輯、江一鯉副總編輯與陳健瑜出版部主編在出版過程給予的協助與費心。還要感謝生命中給予我協助的許多朋友與貴人，無法在此一一將名字寫出，我的內心充滿了感激與感恩，我們的生命永遠得之於他人太多，無法以言語表達。

文學叢書 531

和服肉身

作　　者　江文瑜
總 編 輯　初安民
責任編輯　陳健瑜
美術編輯　林麗華
校　　對　江文瑜　謝惠鈴　陳健瑜

發 行 人　張書銘
出　　版　INK印刻文學生活雜誌出版有限公司
新北市中和區建一路 249 號 8 樓
電話：02-22281626
傳眞：02-22281598
e-mail：ink.book@msa.hinet.net
網　　址　舒讀網 http：//www.sudu.cc

法律顧問　巨鼎博達法律事務所
施竣中律師
總 代 理　成陽出版股份有限公司
電話：03-3589000（代表號）
傳眞：03-3556521
郵政劃撥　19000691 成陽出版股份有限公司
印　　刷　海王印刷事業股份有限公司

港澳總經銷　泛華發行代理有限公司
地　　址　香港新界將軍澳工業邨駿昌街 7 號 2 樓
電　　話　(852) 2798 2220
傳　　眞　(852) 2796 5471
網　　址　www.gccd.com.hk

出版日期　2017 年 4 月　初版
ISBN　978-986-387-160-6

定　價　260 元

國家圖書館出版品預行編目資料

和服肉身 / 江文瑜 著；
--初版，--新北市：INK印刻文學，
2017.04　面；　公分（文學叢書；531）
ISBN 978-986-387-160-6（平裝）
857.63　　106004046